저스트 어 모멘트

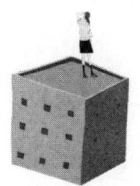

저스트 어
모멘트

초판 1쇄 2011년 01월 17일
초판 12쇄 2021년 10월 01일

지은이 이경화

책임 편집 신정선
마케팅 강백산, 강지연
디자인 스튜디오 미인 www.studiomiin.com

펴낸이 이재일
펴낸곳 토토북

주소 04034 서울시 마포구 양화로11길 18, 3층(서교동, 원오빌딩)
전화 02-332-6255 | **팩스** 02-332-6286
홈페이지 www.totobook.com | **전자우편** totobooks@hanmail.net

출판등록 2002년 5월 30일 제10-2394호
ISBN 978-89-6496-020-2 43810

ⓒ 이경화, 2011
이 책은 저작권법에 의해 보호를 받는 저작물이므로 무단 전재 및 무단 복제를 금합니다.
잘못된 책은 바꾸어 드립니다.

* 탐은 토토북의 청소년 출판 전문 브랜드입니다.
* 이 책의 사용 연령은 14세 이상입니다.

저스트 어 모멘트

JUST A MOMENT

이경화 지음

팀

1

내가 언제부터 말이 없어졌는지는 잘 모르겠다. 엄마 말에 의하면 어렸을 때 나는 또래 아이들보다 말문이 일찍 트고 말도 잘해서 버스나 지하철을 타면 종알종알 쉬지 않고 떠들었다고 한다. 그럴 때면 어른들이 신기하다는 듯이 바라보곤 해서 기분이 좋았다는 말을 덧붙이기도 한다. 그 말은 엄마가 '지금' 기분이 좋다는 뜻이다. 엄마의 과거는 현재에 의해 각색되어진다. 엄마한테 뭔가 이야기를 꺼내려면 분위기 파악을 잘해야 하는 것이다.

그런데 과연 나는 하고 싶은 걸까? 여름 방학을 앞두고 불현듯 떠오른 것이 아르바이트였다. 처음에는 그런 생각을 한 자신이 기특했다. 그런데 부모님이 가정 형편에 일조를 하려는

갸륵한 마음을 몰라주고 공부하기 싫은 걸로 오해를 하면 좀 억울할 것 같았다. 이제 막 고등학생이 되어서 공부가 부담이 되는 것도 사실이고. 분위기 파악을 하면서 대세에 따라 움직이기로 한 후 말을 꺼냈다.

그런데,

"아빠 오면 얘기해 볼게."

엄마는 고개도 들지 않고 달랑 그 말뿐이다.

"어차피 학원에도 안 보내 줄 거잖아."

못, 보낸다는 말이 안, 보내는 걸로 나왔다.

"아르바이트라도 해야 나도 용돈을 쓰지."

"그 입 닥치지 못해!"

엄마는 한 대 칠 기세로 벌떡 일어섰다. 나도 모르게 뒷걸음질을 쳤다. 반사 작용이다. 자존심을 회복하기 위해 엄마를 짧고 굵게 한 번 노려본 후 후다닥 방으로 들어왔다.

이게 아닌데……. 말수가 주니 어휘력까지 줄었나. 침대에 벌렁 드러누웠다. 그러고 보니 용돈을 못 받은 지 보름이 넘었다. 자율 학습 시간에 사 먹곤 하던 떡볶이며 심지어는 막대 사탕까지 끊었다. 그래도 서운한 마음은 없었는데, 왜 그런 말이 튀어나왔을까.

"시은이 너 돈 없어서 그러는 거면 내가 사 줄게."

혜연이의 그 떠보는 듯한 눈동자만 아니었다면 따라나섰을 거다. 그날을 시작으로 나는 쭉 다이어트 중이다. 우리 집이 망했다는 걸 아이들도 모두 알고 있다. 반에는 우리 학원에 다니던 아이들이 다섯 명이나 되었으니까. 그중에 혜연이도 있었다. 밤 열 시 넘어서 하는 수업이 불법이 되면서 학원은 1차 경고를 받았다. 그때는 벌금만 내면 되었다. 원장인 아빠는 선생님들한테 문을 잠그고 끌 수 있는 불은 모조리 끄고 수업을 하라고 했다. 고등학교는 열 시까지 심야 자율 학습을 했기 때문에 어쩔 수 없었다.

그날의 일은 정말 무시무시했다. 영어 수업을 하고 있는데 밖에서 문 두드리는 소리가 났다. 나는 순간적으로 시계를 보았다. 열한 시였다. 선생님이 반사적으로 벌떡 일어서더니 불을 껐다. 불을 끄니 더 무서웠다.

"어떻게 해요?"

누가 먼저랄 것도 없이 물었다.

"조용히 하자."

선생님의 목소리는 떨리고 있었다. 쾅쾅, 거리는 소리는 더 커졌다. 발로 현관문을 차는가 보았다. 아이들은 가만히 있지 않고 계속 투덜댔다.

"공부하는 것도 죄냐."

"이런 학원 단속하지 말고 개인 과외하는 놈들이나 잡지."

"걔네들은 걸릴까 봐 이모나 삼촌이라고 부른대."

"야, 그런 동네는 경비하는 아저씨들이 못 들어가게 해서 못 잡는 거야."

그리고 내가 말했다.

"선생님, 저러다가 문 부서지겠어요."

선생님은 일어섰고 불을 켰고 "그만 차란 말이야. 문 연단 말이야!" 소리 지르면서 밖으로 나갔다. 커다란 아저씨 두 명이 서 있었다.

선생님은 우리를 서둘러서 내보냈다. 나는 아이들 속에 재빨리 묻혔다. 학원 밖으로 나온 아이들은 괜히 킬킬거렸고 노래를 흥얼거렸고 서로 눈짓을 보냈다. 그러고는 우르르 몰려갔다. 나는 불 켜진 학원을 오랫동안 올려다보았다.

2차 경고를 받은 학원은 한 달 동안 문을 닫아야 한다. 아빠 말에 의하면 큰 학원에 밀려 겨우 적자나 면하는 우리 같은 학원이 포상금을 노리는 파파라치들에게 좋은 먹잇감이 되고 있다고 한다. 며칠 전 아이까지 데리고 왔던 낯선 남자가 받아 간 시간표가 증거물로 제출되었다는 것이다.

아빠는 선생님들을 설득시켜 칼국수 집에서라도 수업을 진행하려 했지만 학생들이 먼저 떠나고 말았다. 한 달 후 문을 열었을 때 학생들을 다시 모집해야 했는데, 그보다 열 시까지 수업을 해서는 수지 타산이 맞지 않아 결국 학원을 내놓았다.

"다 잘될 거다."

아이들을 가르치는 것 외에 별다른 재주가 없어 보이는 아빠는 혼잣말처럼 내게 말했다. 학원이 팔리고 세 달이나 지났는데 아빠의 일은 시작도 되지 않았다.

나는 집에 있을 때면 잠을 잤다. 토요일이건 일요일이건 학원에서만 지냈기 때문에 처음에는 집안에 들이닥친 불행이 실감이 안 났다. 행여 좋은 얼굴을 보일까 싶어 이불을 뒤집어쓰고 잠이 든 척했다. 느닷없이 주어진 시간은 정직하게 흘러갔고 시간의 주인이 된 나는 마음껏 즐겼다.

엄마는 내게 단단히 일렀다.

"똑똑히 들어. 넌 토요일, 일요일 과외하는 거야. 알았어?"

나는 그 말이 이제부터 과외를 한다는 소리인 줄 알고 가슴이 덜컥했다.

"누구한테?"

"누구긴 누구야. 아빠한테 하는 거지."

엄마는 틈만 나면 아줌마들하고 통화를 했다.

"시은이 과외하잖아. 누구긴 누구야, 학원 다니던 애들하고 하는 거지. 처음에는 그 생각도 못했어. 근데 우리 애 아빠가 좀 잘 가르쳐. 그러니까 자꾸 과외해 달라고 해서 시은이 가르칠 겸 하는 거야. 자기도 생각 있으면 언제든지 말해. 특별히 독 과외 부탁할 수도 있으니까."

그래서 나는 주말에 친구들을 만날 수도 없었다.

"조만간 다시 학원 해야지. 아무리 월급을 많이 줘도 애 아빠 나이가 오십인데 선생 소리로 만족하겠어? 원장 소리 듣던 사람은 선생 소리가 어색한 법이거든."

엄마 말은 희한하다. 말은 말인데 분석을 요구한다. 내가 내린 결론은 아빠는 가르칠 학생도 학원을 낼 돈도 없다는 것이었다.

그즈음 부모님은 동네 교회에 다니기 시작했다. 나는 다시 가슴이 덜컥, 했으나 딱히 내게 종교의 억압 같은 건 할 생각이 없다는 것을 감지하고 평상시처럼 잠을 청했다. 그리고 놀랍게도 기말고사 성적이 무려 8등이나 올랐다.

"넌 정말 여러 가지 해."

칭찬하는 말이 아닌 건 분명했다.

"원장 딸이나 돼 가지고 공부를 그 꼴로 하더니 학원 망하니까 성적이 오르냐, 오르길."

엄마가 이상한 편잔을 하는 동안 아빠는 아무 말이 없었다.

"도움이 안 돼, 도움이. 애들한테 아빠한테 과외받는다는 말, 했어? 안 했어?"

아빠는 헛기침을 하더니 슬그머니 자리를 떴다.

따로 공부한 건 없다. 잠이 부족하지 않으니까 공부 시간에 집중이 잘되었을 뿐이다. 선생님들은 의외로 잘 가르쳤고, 나는 그저 '교과서만 열심히 보았어요.' '세상에서 공부가 제일 쉬웠어요.' 이런 건 광고 문구인 줄만 알았다.

"8등이나 오르면 뭘 해. 중간도 못하는데."

엄마는 머리를 쥐어박았다.

"딱 중간이야."

나는 눈에 힘을 주고 말했다. 중간.

중 2때 시작된 일제 고사는 우리 식구도 일제히 경악하게 했다.

"어떻게 중간을 못하니?"

엄마는 등짝을 후려쳤다.

"다음에 잘하면 되지."

그렇게 말하던 아빠의 실망스런 얼굴도 잊지 못한다. 나는 열심히 공부한 때도 있었고 때로는 체념하고 빈둥거리기도 했다. 신기한 건 내가 공부를 하건 안 하건 등수는 별 영향을 받지 않는다는 것이었다. 마치 태어나기를 그렇게 미달인 채로 태어난 것처럼 말이다.

미달인 인간이 드디어 중간을 했고, 집안 경제에 도움이 되려고 아르바이트까지 생각하고 있는데 부모님은 별 관심이 없는 것 같다.

2

"너 8등이나 올랐다며? 아줌마가 우리 엄마한테 전화했더라."

"어? 어……."

혜연이의 그 소리에 나는 어수룩하게 대답했고 머리까지 긁적였다.

"진짜야?"

주희가 놀라서 묻는다.

"시은이, 원장 선생님한테 과외받잖아. 주희야, 우리도 받을래?"

나는 씹고 있던 껌을 삼킬 뻔했다.

"응?"

되묻는 주희 얼굴이 좀 떨떠름하다.

"우리 셋이 방학 때 같이 과외하면 좋잖아. 물론 학원에도 다녀야 하니까 시간표가 맞아야 하지만."

혜연이는 계속해서 나를 뚫어져라 보고 있다.

"우리 집 형편에 그렇게는 안 될걸."

주희는 덤덤하게 대답했다.

"학원비는 몰라도 용돈은 내가 벌어야 할 것 같아."

나는 주희가 부럽다. 가난하다는 이야기를 어쩌면 저렇게 자연스럽게 할 수 있을까? 내가 없어도 없는 티를 못 내는 건 엄마 영향이 큰 것 같다. 나는 초등학교 4학년이 되어서야 친구들을 집에 데려올 수 있었다. 엄마는 늘 아무도 데려오지 말라고 했다. 1학년 때 친구를 데려왔다가 다리에 멍이 들게 회초리를 맞은 기억이 있다. 그리고 다시 3학년 때. 친구를 데려오면 안 된다는 걸 깜빡한 것이다. 그날은 내 생일이었기 때문에 맞지는 않았다. 대신 엄마가 했던 말은 지금까지 또렷하게 떠오른다.

"너는 부끄러운 줄도 모르지? 자존심도 없지?"

그때까지 우리 집은 반지하였다. 어둡고 냄새도 좀 났지만 불을 켜면 환해졌고 아빠가 선물로 사 준 예쁜 화분도 있고 옆집 벽이 가까이 있어서 열 수는 없지만 조그만 창문에 물고

기 그림 커튼도 달려 있어서 부끄러워해야 하는 줄 몰랐다. 이사를 한 후에도 습관처럼 친구들을 집에 데려오지 않았다. 친구를 사귀는 데 있어서 가장 중요한 형식을 생략해 버린 것이다.

"친구들 좀 데려오고 그래."

엄마가 그렇게 채근을 시작한 건 학원을 시작하면서부터다. 학원을 광고하기 위해서라는 걸 알고 난 다음부터 습관은 다시 시작되었다.

"근데 과외는 어디서 하니? 너네 집?"

껌이 다시 목구멍 속으로 기어들어 간다. 뭐라고 해야 하지? 엄마가 대체 뭐라고 말을 한 거야?

"대충 바꿔어."

"어떻게 대충?"

혜연이 되묻는다. 눈치가 없는 건지, 떠보는 건지 알 수가 없다.

"한 달에 한 번씩?"

"응, 뭐 그렇게."

대충 얼버무렸다.

"이상하네. 아줌마는 시은이 너네 집에서만 한다던데. 그러니까 학원 보낸다고 생각하고 보내라고. 집이라서 더 좋다고 했다던데."

혜연이 눈이 참 크다. 마음도 저리 컸으면 좋으련만. 나는 껌을 꿀꺽 삼켰다.

"그래서 말이야."

주희가 말을 꺼냈다. 분위기가 어색한 걸 느낀 것이다.

"내가 아르바이트 자리 몇 군데 알아봤거든."

"가만히 좀 있어 봐."

혜연이 두 눈을 더 동그랗게 뜨면서 손으로는 주희를 저지한다.

"시은이 너 대답해 봐. 도대체 과외를 어디서 하는 건데, 응?"

목구멍이 묵직하다. 껌은 지금쯤 어디에 도착했을까?

"너 다 거짓말이지?"

드디어 올 게 왔다.

"아, 왜 그래?"

주희는 혜연이의 팔을 끌며 쩔쩔매기 시작했다.

"주희 너도 들었잖아!"

위는 껌을 어떻게 소화시키는 걸까?

"내가 듣기는 뭘 들어?"

주희 얼굴이 발개져 있다.

"원장 선생님. 아니, 너희 아빠 명문대 나온 거 맞아?"

"맞아."

나는 대답했다. 엄마가 시킨 대로. 그래야 우리 식구가 먹고 살 수 있다고 했다.

"뻥치고 있네. 가족 사기단이냐?"

혜연이는 코웃음을 흘리더니 침을 찍, 뱉었다.

"나쁜 년, 너는 친구도 아니야."

그러고는 돌아섰다.

"혜연이는 그냥 너한테 서운한 거야."

주희는 재빨리 말했다. 발개진 얼굴 때문인지 주근깨가 더 도드라져 보였다.

"가 봐……. 혜연이한테."

나는 주희가 먼저 돌아서기 전에 말했다. 주희는 미안한 얼굴을 했지만 서둘러 혜연이한테 뛰어갔다.

아이들은 언제부터 알고 있었던 걸까? 혜연이는 뭐가 서운한 걸까? 내가 솔직하게 털어놓지 않아서? 그러면 어떻게 되는데?

진실 하나는 나도 혜연이를 진짜 친구로 생각하지 않았다는 것이다. 진짜 친구로 생각했다면 사실을 털어놓았을까? 아빠가 명문대를 나오기는 했는데 그게 지방 캠퍼스고 학원도 빚

이고 살고 있는 집도 다 빚내서 얻은 거라고. 그렇게 말하면 혜연이 너는 어떻게 나왔겠니? 나를, 우리 부모님을 무시하지 않았겠니? 나와 함께 비밀을 지켜 우리 식구가 먹고 사는 데 지장이 없게 도와주었겠니?

눈물은 왜 이렇게 흐르는 걸까.

문자가 왔다. 주희다.

혜연이한테 사과해. 그러면 풀릴 것 같아.

내가 무슨 사과를 해야 하지?

지방 캠퍼스를 나온 것도, 명문대를 나왔다고 거짓말을 한 것도, 부자인 척 티를 낸 것도 내가 아니다.

눈물을 멈추기 위해 입술을 깨물었다.

3

 침대에 누워 오락가락하는 잠을 자고 있는데 방문이 벌컥 열렸다. 엄마다.
 "아빠하고 얘기했는데 너 성적도 올랐고 해서 허락하기로 했다."
 실눈을 떴다.
 "공부 소홀히 하지 말고."
 잠시 무슨 말인지 가늠했다. 머리카락이 축축하게 젖어 있다. 창문을 열었다. 후끈한 바람이 들어온다.
 "대신……."
 엄마를 돌아보았다. 이제 학원에 나가 아빠를 도울 일도 없는데 이 더운 여름날에도 화장은 꼬박꼬박 한다. 밥을 먹었는지 립스틱이 지워져 있다.

"이 동네에서는 안 돼."

나는 잠자코 있었다.

"소문나면 창피하니까 멀리 가서 해."

엄마는 문도 닫지 않고 방을 나가면서 중얼거렸다.

"참, 네 아빠가 그러더라. 밤에 하는 것도 안 된다고. 으이구, 내 복에 사모님 소리를 듣는다 했지."

나는 발딱 일어나 문을 닫고 참았던 숨을 토해 냈다. 선풍기도 열을 받았는지 뜨거운 바람을 내뿜고 있다.

학원은 하지 않기로 했다. 돈도 없지만 혜연이 아줌마가 소문을 전한 것이다. 학원 다니는 학생의 학부모 하나가 아빠와 대학 동창이었던 모양이라고. 세상 참 좁은데 왜 그런 거짓말을 했냐고. 엄마는 지방이라는 말을 안 한 것뿐이지, 그게 무슨 거짓말이냐며 대수롭지 않다는 듯 대꾸했지만 전화를 끊고 대성통곡을 했다.

우리는 앞으로 어떻게 되는 걸까? 학원 판 돈은 집 얻느라 진 빚을 갚는 데 썼다. 아빠나 엄마가 취직을 하지 않는다면 다시 집을 내놓아야 한다. 며칠 전에는 부부 싸움 하는 소리를 들었다. 나는 볼륨을 높이고 이어폰을 꼈다. 댄스 음악이 귀를 쩌렁쩌렁 울렸다. 귀가 아파서 볼륨을 낮췄다. "어디 가서 취직을 해." 다시 볼륨을 높였다. 곡이 끝나면서 볼륨이 낮아졌다. "이사는 못 가." 하는 엄마 목소리가 다음 곡의 전주 속에 묻혔다.

아르바이트를 하기로 한 건 잘한 것 같다. 엄마가 선심 쓰듯이 허락한다는 식으로 말한 건 짜증이 나지만 적어도 엄마한테 손을 벌리는 더 짜증스러운 일은 안 해도 되니까. 인터넷을 검색했다. 어떤 일을 해야 할까. 어떤 일을 할 수 있을까. 반에도 아르바이트를 하는 애들이 여러 명 있다. 남의 일이라고 재밌게만 생각했는데 막상 닥치고 보니 뭘 어떻게 해야 하는 건지 걱정스럽기만 하다.

요즘에는 학교 가는 일도 힘에 부친다. 그날 이후로 혜연이는 노골적으로 나를 무시한다. 중간에서 주희만 애를 먹고 있다.

"그냥 눈 딱 감고 사과해."

주희는 무슨 생각으로 그런 말을 하는 걸까? 나는 대꾸를 하지 않았다.

"아유, 나도 모르겠다."

주희는 정말 모르는지도 모른다. 조금이라도 이해해 주기를 바란 건 욕심이었던 것 같다. 시간이 흐를수록 내게 머무르던 주희의 시선이 짧아지고 있다. 이제 며칠 있으면 여름 방학인데 방학이 끝나고 2학기가 시작되면 나는 어떻게 되는 걸까?

거짓말쟁이가 돼서 친구 하나 없이 혼자 체육관에 가고 혼자 밥을 먹고 혼자 매점에 가고……. 쉬는 시간하고 점심시간에는 누가 말 걸어 주기를 기다리며 두리번거리다가 책상 위에 엎드려 잠든 척이나 하고 있어야 하는 걸까. 왕따가 되지 않기나 간절히 바라며 잔뜩 주눅 든 채 그 긴 시간을 긴장하며 보내야 하는 걸까.

그렇게 방학을 맞았다.
방학식 날 담임은 말했다.
"방학 동안 돈 많이 벌어라."
나는 돈이라는 말에 귀가 번쩍 뜨였다.
"이것은 무슨 소리?"
설마 아르바이트하라는 소리는 아닐 테고. 담임은 꼭 저렇게 말을 빙빙 돌려서 한다. 집중을 시키기 위한 테크닉이라나. 우리 시선을 한 몸에 받은 담임은 칠판에 큰 글씨로 이렇게 썼다.

앎 즉 돈

"지식이 곧 돈이다. 고로, 공부를 열심히 하라는 소리다. 찌질하게 돈 몇 푼 올려 달라며 더운 날 머리에 띠 두르고 파업하는 노동자가 될 것인지, 에어컨 빵빵하게 돌아가는 사무실에서 카디건 걸치고 서류에 사인하는 사람이 될 것인지는 이번 여름 방학에 달렸다. 안락한 미래를 위해서 현재를 희생할 줄 아는 현명한 여러분이 되기를 바란다. 이상."

 나는 천천히 가방을 쌌다.

 그사이 혜연이와 주희는 가 버렸다. 핸드폰을 확인했지만 들어온 문자는 없다. 핸드폰을 손에 꼭 쥐었다. 그러고도 일어서지를 못했다. 남은 아이들은 방학 동안 하게 될 아르바이트에 대해서 이야기하고 있었다. 나는 아이들을 힐끔거리다가 용기를 내서 다가갔다.

 "뭐냐?"

 기가 죽지 않게 어깨를 폈다.

 "아르바이트 좀 해 보려고."

 "왜?"

 "……"

 "뭐 사고 싶은 거 있구나?"

 그 말을 한 건 민지였다. 나는 그렇다고도 아니라고도 못하고 물었다.

 "식당 같은 데서 내가 할 수 있는 게 있을까?"

 "할 건 많지."

"그럼, 청소에 서빙에 설거지에 삭신이 쑤시도록 할 일은 많다 야."

아이들은 뭐가 우스운지 킬킬댔다.

"근데 빨리 구해야 될 걸. 요즘에는 대학생들이랑 아줌마들이 쫙 깔려서 일자리가 별로 없어."

"거기다가 방학에는 중딩들까지 쏟아져 나오잖아. 완전 힘들어."

"고마워."

나는 그 말을 하고 교실에서 나와 그늘진 곳을 골라 천천히 걸었다. 땀이 흘렀지만 닦지 않았다. 시원한 편의점에 들어가서 음료수라도 마시고 싶지만 주머니 속에는 동전 하나 없다. 인터넷에 뜬 구인 광고만으로는 부족할 것 같아서 길거리에서 지역 신문도 몇 개 집어 들었다. 엄마를 생각한다면, 사람들이 많이 찾는 패스트푸드점이나 편의점은 포기해야 할 것 같다.

집으로 들어오니 아빠가 있었다. 식탁에 구부정하게 등을 구부리고 앉아 있다.

"왔니?"

아빠는 안경을 들어 올리며 다시 고개를 돌린다.

"뭐 하는 거야?"

"응, 논술 첨삭."

"그거 하면 얼마 버는데?"

"장당 7,000원. 예전에는 12,000원이었는데 하는 사람이 하두 많으니까 내렸어."

나는 몇 장이나 했는지 물어보지 않았다.

"용돈이라도 벌려고."

할 말이 없었다.

"세금이라도 보탤 수 있으면 더 좋고."

그래서 가만히 있었다.

"힘들지?"

아빠는 나를 돌아보며 멀쩡하게 얹혀 있는 안경을 다시 올렸다. 머리카락이 자라서 흰머리가 더 많아 보인다. 괜히 눈물이 핑 돌았다. 아빠는 호주머니를 뒤지더니 만 원짜리 한 장을 주었다.

"더운데 음료수라도 사 먹으면서 공부해."

순간 눈물이 쏙 들어갔다. 웃으려고 했으나 되지 않았다.

돈을 받은 뒤 방으로 들어왔다. 그제야 픽, 웃음이 났다. 역시 아빠다. 아르바이트에 대해서는 단 한 마디 말도 없다. 엄마하고 상의했다는 걸 이미 알고 있는데도 말이다. 아빠는 자식 앞에서까지 체면을 차리고 싶을까? 내게는 엄마 아빠의 기질이 얼마만큼 흐르고 있을까?

4

　아이들 말대로 일자리가 많지 않았다. 나는 경험에서도 밀렸고 나이에서도 밀렸다. 생각해 보면 한 군데서는 얼굴에서도 밀린 것 같다. 나는 빵 사러 갈 때 빵만 본다. 다른 사람들은 빵 값 계산해 주는 사람 얼굴을 보나 보다.
　"목소리하고 얼굴하고 좀 다르네."
　주인아줌마는 그렇게 말하고는 나중에 연락해 준다고 했다. 인터넷을 검색해 보니 나와 같은 경험을 한 사람들이 아주 많았다. 나중에 연락해 준다는 말은 채용하지 않겠다는 뜻이라고 한다.
　그렇게 며칠이 흘렀고 전화하는 요령이 생겼을 즈음 '저스트 어 모멘트'라는 식당에서 홀 서빙을 구한다는 광고를 보았다.

영어도 아니고 한글로 저스트 어 모멘트라니. 나는 신호음을 들으며 사장이 어떤 사람인지 머릿속으로 그렸다. 전화를 받은 사람은 자신이 지배인이라고 했다.

"준비해 갈 거 없어요? 뭐 부모 동의서라든가."

나는 인터넷에서 본 내용을 떠올리며 물었다.

"그런 거 없어도 돼요. 그냥 오세요."

젊은 목소리는 인심 쓰는 것처럼 이야기했다.

"아, 아, 오늘 올 수 있어요?"

"네?"

"지금 오면 더 좋고. 한가한 시간이거든요."

그렇게 해서 나는 서둘러 준비하기 시작했다. 세수를 하고 노란 고무줄로 머리를 묶고 반바지에 티셔츠를 입고 집을 나섰다. 세 시 반이 다 되어 가고 있었다. 현관문을 잠갔다. 부모님은 뭐가 그리 바쁜지 얼굴 보기가 힘들다. 아르바이트에 대해 물어볼 게 있어서 쳐다만 봐도 "엄마 아빠 바쁜 거 보이지? 너는 신경 쓰지 말고 네 일이나 잘해." 그 말뿐이다. 일단 내 얘기는 접고 "무슨 일인데?" 물어보면 "말하면 알아? 애들은 말해 줘도 몰라." 하고 선을 긋는다. 자꾸 애, 애 하는데 그 애의 기준이 뭘까? 아무튼 이제 부부 싸움은 끝난 걸까?

나는 차비 하려고 아껴 둔 돈을 꺼냈다. 세 블록이면 충분히 걸어도 되지만 땀 흘린 모습을 보이는 건 싫었다. 그동안 인터넷을 통해 알게 된 아르바이트하면서 일어날 수 있는 백스물세 가지 나쁜 일들을 머릿속에서 몰아내며 드디어 '저스트 어 모멘트' 앞에 섰다. 6층쯤 되어 보이는 건물 1층에 있는 가게였다. 숨을 몰아쉬고 문을 열었다. 태연한 얼굴을 하려 애를 썼지만 문에 달린 종소리에 흠칫 놀라고 말았다. 빼곡히 들어찬 테이블과 의자를 걷어 낸다면 축구도 할 수 있을 것 같은 큰 식당이었다.

"어서 오세요."

카운터에 있던 남자가 일어섰다. 나는 뻣뻣한 목을 어색하게 구부리며 인사를 했다.

"아르바이트 학생?"

"네."

작고 마른 남자였다. 나이는 많아 보이지 않았다.

"자, 이리 와요."

나는 남자를 따라 테이블로 갔다. 한쪽에서 웃음소리가 들려서 보니 여자 두 명이 마주앉아 내 쪽을 보고 있었다.

"언제부터 일할 수 있어요?"

면접은 이미 끝난 건가?

"바로요."

"경험은 없다고 했지? 뭐 걱정할 건 없어요. 저기 언니들이 착해서 잘 가르쳐 줄 테니까."

나는 그제야 안심이 되었다. 된장찌개만 전문적으로 파는 곳이라더니 된장 냄새가 솔솔 풍겨 왔다.

"어려운 일이 있으면 꼭 나한테 말하도록 하세요."

얼굴도 조그맣고 눈도 조그만 남자는 꼬박꼬박 존댓말을 썼다.

"그리고 지배인 빼고 그냥 오빠라고 부르세요."

그때 종소리가 울리며 문이 열렸다. 지배인 오빠는 스프링처럼 벌떡 일어섰다. 키가 크고 덩치도 큰 아저씨가 들어서고 있었다.

"사장님. 여기 아르바이트 학생 왔는데요."

지배인 오빠는 서둘러 자리를 뜨며 말했다.

"그러면 재깍 전화를 해야지."

"금방 왔어요."

변명하는 듯한 말투였다. 그리고 다시 면접이 시작되었다. 얼굴이 크고 귤껍질처럼 모공도 큼직큼직한 아저씨는 이름이며 사는 곳, 나이, 아르바이트 경험 등을 꼼꼼하게 물었다.

"부모님은 동의하신 거니?"

"네."

"일은 왜 하려고 하는 거야?"

"그게……."

나는 우물쭈물했다. 사장님은 딱히 대답을 들을 생각은 아니었던지 입꼬리를 올려 웃으며 말했다.

"너희만 한 때는 사고 싶은 게 많지."

나는 가만히 있었다.

"내가 가게 이름을 잘못 지어서 그런지 어쩐지 애들이 며칠 하고 자꾸 관둬. 그래서 주급 말고 월급으로 주려고 하는데 어떠냐? 돈 모으려면 너도 월급이 더 좋을 테고."

당장 차비도 없어요. 주급으로 주세요. 목구멍까지 말은 차오르는데 밖으로 나오지가 않는다. 나는 얼굴만 벌게졌다.

"말을 해 봐."

"주급으로 주세요."

목소리가 기어들어 갔다. 그래도 말을 했으니 다행이었다.

"알았다. 우리 가게는 월요일 날 일괄적으로 주급을 지급하니까 그때 받으면 되고. 오늘부터 일할 수 있지? 참, 방학 동안만 일하는 사람은 급료가 더 낮다."

"네?"

"일이 어렵지 않으니까 불만은 없을 거야. 열심히 하면 방학 때마다 내가 써 줄 테니까 대학생 돼도 나와서 일하고 그래."

그렇게 면접은 끝이 났다.

그러니까 내 주급은 얼마나 되는 걸까? 급료는 면접 후 결정이라고 했는데 사장님이 나가고 나서야 가장 중요한 이야기를 하지 않았다는 것을 깨달았다. 나는 지배인 오빠를 불렀다.

"지배인은 무슨."

앉아 있던 언니가 코웃음을 쳤다.

"그냥 오빠라고 부르라니까."

지배인 오빠는 아무렇지도 않은 듯 말하면서 사람 좋게 웃었다.

"여기 언니들한테 먼저 인사해."

코웃음을 쳤던 언니는 이름이 소희였다. 소희 언니는 짧은 머리에 얼굴이 밀가루처럼 희었다. 긴 머리는 수빈이 언니라고 했는데 얼굴이 까무잡잡하고 나이에 비해 어려 보였다.

"소희가 잘 가르쳐 줄 거야."

지배인 오빠는 계속 생글거렸다. 소희 언니는 그런 오빠를 한 번 째려보더니 곱상한 얼굴과는 다르게 걸걸한 목소리로 말했다.

"가르쳐 줄 게 뭐가 있어."

"하긴 배울 것도 없어."

수빈이 언니도 거들었다. 무슨 뜻일까?

"그러지 말고 좀 친절하게 굴어."

오빠는 정말 친절하게 말했다.

"너나 잘해. 너나."

언니는 무시하는 투가 역력했다.

"또 한 명은 언제 오는 거야? 세 명이서 일 못하는 거 알아 몰라?"

"알았어. 알았다고."

오빠는 투덜거리며 카운터로 갔다.

"궁금한 거 있으면 물어봐."

지배인 오빠도 꼼짝 못하는 언니라면 주급을 물어봐도 될 것 같았다.

"저기요, 사장님이 급료 얘기를 안 하고 가셔서."

"그래?"

언니는 알 수 없는 눈빛을 했다.

"알아서 챙겨 주겠지. 궁금하면 직접 물어보던가."

지배인 오빠한테 만큼은 아니지만 언니는 나한테도 호락호락하게 말하지 않았다.

"근데 알바 왜 뛰는 거니?"

수빈이 언니가 물었다.

"용돈 벌려구요. 집이 어려워서."

말을 하고 나서 나조차 놀랐다. 이런 말이 이렇게 쉽게 나오다니. 모르는 사람들 앞이라서 그런가? 아무튼 속이 다 시원했다.

"그래, 용돈 벌어서 머리띠도 좀 사고 그래라. 그게 뭐냐?"

수빈이 언니는 호주머니를 뒤적이더니 금색과 연두색이 꽈배기 모양으로 꼬인 화사한 머리끈을 건넸다.

"가져."

나는 언니가 준 머리끈으로 머리를 다시 묶었다. 기분이 나쁘지 않았다.

"일은 안 어려워. 우리 하는 거 보고 따라하면 돼. 근데 점심 장사는 되게 힘들어. 여기 손님들이 줄 서서 먹는 곳이야. 알고 왔냐?"

"네?"

"저녁에는 술 마시는 사람들이 더 많아서 별로 안 바빠."

"네?"

"너는 뭐 말만 하면 놀라니? 토끼야 토끼? 너 이제부터 놀란 토끼다."

소희 언니 말에 수빈이 언니도 맞장구를 치며 웃는다. 별명 같은 거 한 번도 가져 본 적이 없다. 놀란 토끼, 왠지 귀엽다는 생각이 들어서 나도 따라 웃었다.

5

부모님은 밤이 되어서야 돌아오셨다.

"아르바이트 구했어요."

"밥은 먹었니?"

나는 대꾸 않고 가만히 있었다.

"당신, 힘들 텐데 먼저 쉬어."

엄마가 웬일로 아빠한테 고분고분하다. 아빠는 기다렸다는 듯이 얼른 방으로 들어갔다.

"들어가서 얘기하자."

엄마는 냉장고에서 찬물을 꺼내 벌컥벌컥 들이켜더니 '뭐 해?' 하는 눈으로 앞장서 걷는다. 엄마와 나는 침대에 걸터앉았다. 이렇게 앉으면 얼굴이 안 보이는데……. 나는 침대 밑으로 내려앉아 엄마를 올려다봤다.

"그래, 어떤 데니?"

"저스트 어 모멘트라고."

"너 발음이 왜 그래?"

"아, 거기 식당 이름이 한글로 그렇게 써 있어서."

"그래도 발음은 제대로 해야지."

나는 혀를 굴려서 다시 대답을 했다. 열한 시부터 일곱 시까지 일하고 급료는 주급으로 받기로 했다는 말을 했다.

"여덟 시간이나 일을 한단 말이야?"

"다 그래. 나는 뭐 방학 동안만 하니까 선택할 수 있는 게 더 없더라구."

"하는 일은?"

"홀 서빙."

"얼마 준대?"

나는 머리를 굴렸다.

"일하는 거 보고 결정한대."

"나쁜 새끼들이 꼭 그렇게 말하지."

"사장님 좋은 사람이야."

"세상에 좋은 사람이 어딨어? 돈이 오고 가는 일인데."

그러더니 엄마는 한숨을 쉬었다.

"방학 동안만 고생해. 2학기 되면 용돈도 주고 학원에도 보내 줄게."

"우리 이사 안 가도 돼?"

부모님이 무슨 일을 하고 있는지도 궁금했지만 그 정도만 물어봤다.

"빚 때문에 이사 못 가."

"그게 무슨 말이야?"

"전세 대출 갚고 나면 겨우 반지하 방이나 얻을 수 있는데 이사를 어떻게 가니?"

"학원 팔았잖아."

"얘는 꼭 지 아빠처럼 말하네. 똥차 바꿨잖아!"

엄마는 빽, 소리를 지르더니 얼굴 표정을 바꾸어 물었다.

"근데 아르바이트할 생각은 어떻게 한 거야?"

그걸 이제 물어보냐?

나는 눈을 내리깔았다.

"기특하더라. 집 어려운 거 알고 어린것이 돕는다고……."

엄마가 왜 이렇게 착하게 말하는 거지? 하는 일이 잘되는 걸까?

"엄마 아빠 보험 회사에 취직했다. 장례 보험이라고, 아주 전망이 좋아. 그래서 말인데."

엄마는 나를 지긋이 내려다보았다.

"너, 반 애들 비상 연락망 있지?"

아, 또 왜 이러실까?

"그거 줘 봐."

"없는데."

"없긴 뭐가 없어, 이 기집애야."

"정말 없어."

나는 단호하게 말했다. 뭘 하려는 건지 뻔하니까. 엄마는 느닷없이 머리를 쥐어박았다.

"내가 지금 나쁜 짓 하려고 하는 거야? 좋은 정보 가르쳐 주려는 건데 왜 지랄이야? 학원 망하게 한 그 파파라치 놈은 데려온 애가 지 자식이라더라, 지 자식. 내가 지금 너한테 사기를 치라고 하니 뭘 하니?"

눈물이 흘렀다.

"왜 짜?"

"엄마가 아무리 그래도 없어."

나는 무릎에 얼굴을 묻었다.

"어유, 저 인생에 도움이 안 되는 기집애. 관둬라, 관둬."

엄마는 문을 쾅, 닫고 나갔다.

머리가 멍, 하다. 파파라치가 자기 자식까지 동원했다니. 아이 마음은 어땠을까? 아무것도 모르고 아빠를 따라나섰을 것이다. 만약 아빠가 무슨 일을 하는지 알고 있었다면?

사실 부모님이 생각하는 것보다 우리는 훨씬 더 많은 것을 알고 있다. 얼굴 표정을 통해서 말투를 통해서 그리고 소곤소곤하는 속삭임을 통해서. 엄마와 함께 시장에 나갔다가 생선 파는 아줌마가 "저 여편네, 있는 체는 되게 하면서 깎기는 더럽게 깎아." 하는 소리도 듣고, 동네 아줌마가 "얼마나 수준이 낮은지 내가 할 말을 잃었잖아." 하며 쑤군거리는 소리도 듣는다. 부모님이 하는 일이 항상 옳은 것도 아니고 항상 최선을 다한 것도 아니라는 것을 안다.

어쩌면 아이는 아빠가 하는 일을 자랑스러워했을지도 모른다. 수치스러움을 감추기 위해 불법을 단속하는 정의로운 일을 한다고 자기 최면을 걸었을지도 말이다. 누군지 되게 안됐다. 어떻게든 부모님을 이해하려고 노력했던 예전의 나처럼…….

침대에 누웠다.

일을 나가려면 푹 자 두어야 할 것 같다.

첫 노동을 한 소감은 복잡하다. 손님이 들어왔을 때 "어서 오세요." 하는 것이 어색했고 화장실도 못 가고 계속 서 있어야 하는 것이 힘들었고 손님이 다 먹고 난 테이블을 치우는 게 되게 더러웠다. 소희 언니가 테이블 치우는 방법을 보여 줬다. 얼굴처럼 하얗고 기다란 손가락을 잠깐 꼼지락거렸을 뿐인데도 테이블은 금세 깨끗해졌다. 나는 자꾸 허둥대기만 했다.

"너 성격 급하지?"

"네?"

"딱 보면 알아. 일단 머릿속으로 어떻게 치울 건지 생각한 다음에 움직여. 천천히 해도 돼."

소희 언니는 테이블 치우는 걸 딱 한 번 보여 주고 난 뒤에는 꼼짝도 안 하고 서 있기만 했다. 수빈이 언니도 마찬가지였다. 수빈이 언니는 소희 언니 눈치를 보느라고 그런 것 같았다. 손님이 계속 들어오는데 언니들은 그저 한가롭게 주문만 받을 뿐이었다. 나만 혼자 이 테이블 저 테이블 옮겨 다니며 치우느라 바빴다. 손목이 삐끗해 그릇을 떨어뜨리기도 했고 김치 국물을 바닥에 쏟기도 했다. 에어컨은 빵빵하게 나오는데 머리카락에서 땀이 똑똑 떨어졌다. 보다 못한 지배인 오빠가 와서 도와줬다. 눈물이 나올 것 같아서 입술에 피가 배어 나올 만치 꽉 깨물었다.

일이 끝나자 지배인 오빠와 소희 언니가 한판 붙었다.

"소희 너 정말 이럴래?"

언니는 히죽 웃더니 한마디 했다.

"내일도 일 안 할 거야. 그러니까 빨리 알바생 뽑아. 수작 부리지 말고."

"내 참."

오빠는 그 말뿐 더 이상 대거리를 하지는 못했다.

나는 언니들과 함께 퇴근을 했다.

"일부러 안 도와준 거다."

소희 언니는 내 얼굴은 보지도 않고 말했다.

"네?"

"놀란 토끼. 너 잘릴까 봐 일부러 안 도와준 거라고. 내일 사장 있을 때 잘해. 오늘 고생했으니까 훨씬 쉬울 거야."

진심인지 뭔지 알 수가 없다. 아무튼 내 첫 노동의 가장 강렬한 느낌은 서러웠다는 것이다.

6

 오늘 여덟 시간 노동을 하는 동안 나는 놀란 토끼도 되었다가 빨간 토끼도 되었다가 했다.
 얼마나 일찍 가야 하는지 몰라서 십 분 전에 '저스트 어 모멘트'에 도착했다. 아직 언니들은 와 있지 않았다. 지배인 오빠도 없었다. 사장님은 나를 주방으로 데려가 아줌마들한테 인사를 시켰다. 두 분의 아줌마가 건성으로 인사를 받았다.
 사장님 얼굴을 보니까 주급 생각이 났다.
 "어때?"
 "네?"
 "어제 일해 보니까 별거 아니지?"
 갑자기 어제의 서러움이 몰려들어서 고개만 끄덕였다.

언니들은 짜고 그러는지 열한 시 정각이 되자 문을 열고 같이 들어왔다.

"좀 일찍 다녀라."

사장님의 그 말에 소희 언니는 흐흥, 하는 이상한 코웃음을 치더니 물었다.

"알바생은 언제 와요?"

"일단 오늘 해 봐."

사장님은 멋쩍게 웃었다.

"내 그럴 줄 알았어. 셋이서 못한다니까요!"

순간 넙대대한 사장님 얼굴에서 웃음이 싹 걷혔다.

"소희 네가 잘하잖아."

사장님은 억지로 화를 참는 것 같았다.

"아씨, 몰라요."

대체 소희 언니의 정체는 무엇일까? 저렇게 성질을 부리는데 사장님조차 뭐라고 말하지를 못한다. 혹시 진짜 사장이 따로 있는데 그 딸일까? 하긴 사장이 자기 딸을 이런 데서 아르바이트 시키지는 않겠지. 나는 마른침을 삼키며 잔뜩 긴장한 채 서 있었다. 나만 긴장한 게 아니었다. 모두들 소희 언니의 행동거지를 주시하고 있는 중이었다.

"아줌마들, 나 왔어."

소희 언니는 주방에 들어가 인사를 하고는 앞치마를 멨다. 그리고 그 커다란 눈으로 우리를 둘러봤다. '뭘 봐?' 하는 눈이었다.

청소를 시작했다. 비로 바닥을 쓸고 대걸레로 닦고 행주로 테이블을 닦았다.

"빨리, 빨리."

사장님이 아무리 그래도 가게는 너무 넓었다. 청소를 마치자 이미 삼십 분이 지나고 있었다.

"야, 좀 빨리해라."

사장님이 다시 재촉했다.

소희 언니는 사장님을 한 번 째려보고는 날 불렀다.

"테이블 번호 외워. 문 쪽부터 1번, 디귿자로 도는 거야. 알았어?"

"네."

나는 기어들어 가는 목소리로 대답했다.

그때 주방에서 "애기들아." 하는 소리가 났다. 음식 준비가 다 되었다는 소리였다. 점심 장사는 손님이 오기 전에 미리 세팅을 하는가 보았다.

"저 뒤쪽은 4인 냄비 올리고, 앞쪽은 3인 올려."

수빈이 언니와 나는 소희 언니의 지시에 따라 부지런히 움직였다. 다음은 숟가락과 젓가락, 냅킨, 물통, 물컵을 놓고 반찬을 세팅했다.

"손님 오면 인원 보고 테이블 안내하는 거야. 라면 몇 개인지 물어보고 카운터에 테이블 몇 번 몇 개 하고 말하고 육수 붓고 불 켜 주면 돼."

소희 언니는 굳은 얼굴로 따박따박 말했다.

그때 뎅그르르, 문 열리는 소리가 났다.

어서오, 하면서 고개를 돌리던 나는 믿을 수 없는 광경을 보았다. 양복 입은 사람들이 물밀듯이 끊임없이 마치 영화관에 입장하듯 들어오고 있는 것이었다. 어서 오세요, 인사를 하고 말 것도 없었다. 손님들은 익숙한 듯 자리를 잡고 앉았는데 소희 언니는 가끔 자리를 바꾸어 앉히기도 했다. 4인 상에 두 명이 앉거나 한 경우였다. 넓은 가게 안이 순식간에 꽉 찼다. 그 많은 사람들이 비슷한 옷을 입고 똑같은 음식을 먹는 장면은 기괴해 보였다. 찌개가 끓기 시작하자 김이 와글와글 피어오르고 사람들도 와글와글 떠들기 시작했다. 나는 한마디로 혼을 쏙 빼놓고 서 있었다.

"시은아."

누가 부르는 소리에 고개를 돌렸다. 사장님이었다.

"뭐 해? 9번 손님 부르잖아."

"네? 네."

근데 9번이 어디더라. 내가 손을 짚으며 헤아리고 있는데 소희 언니가 재빨리 튀어 나갔다.

"여기요!"

손님이 부르는 소리에 가려는데 언니가 팔을 잡더니 속삭였다.

"가만히 있어."

그 테이블에도 소희 언니가 갔다. 언니는 거의 열 사람 몫은 하는 것 같았다. 나는 겨우 반찬 나르는 일이나 했다. 단체 입장한 손님들이 거의 먹었을 무렵이었다.

"이제 1차 끝났다. 또 손님들 몰려올 테니까 테이블 치울 준비해."

소희 언니가 나한테 하는 말이었다.

"어제 많이 해 봤으니까 괜찮을 거야. 서두르지 말고."

언니는 행주를 건네주었다.

"놀란 토끼. 정신 차리고."

나는 정말 정신을 차리기 위해 노력했다. 그때부터 손님이 자리를 뜨면 테이블 치우는 일만 했다. 손님들이 반쯤 나가자 바통 체인지를 하듯 다시 새로운 손님들이 들이닥치기 시작했다. 이번에는 회사원들보다 나이 든 아줌마들이 더 많았다.

"더운데 무슨 된장을 먹는다고 그래."

"여기가 그 유명하다는 된장집이잖아."

"우리도 라면 좀 줘 봐요."

"된장찌개에 라면을 넣어서 먹어?"

"그렇다니까."

아줌마들은 앉기도 전부터 시끄러웠다.

"몇 개 드릴까요?"

"두어 개 줘 봐요."

그게 대체 몇 개일까? 생각하고 있는데 소희 언니가 소리쳤다.

"12번에 라면 두 개!"

"우리 단골 할 건데 한 개 서비스해 주면 안 돼?"

이건 또 무슨 소리일까?

"다음에 또 오세요."

소희 언니는 웃으며 말했다. 나는 언니의 말도 이해하지 못했다.

세 시부터 밥 먹는 시간이라고 했는데 절묘하게 두 시 오십오 분이 되자 일이 끝났다. 폭풍이 휘몰아치고 간 것 같았다.

주방 아줌마들과 함께 다섯 명이 둘러앉아 밥 먹을 준비를 했다. 우리도 된장찌개였다.

"수고들 했어요."

카운터에서 볼일을 다 본 사장님이 말했다. 가려는 모양이었다.

"사장님, 들어가세요."

주방 아줌마들만 일어서서 인사를 했다.

"사장님, 알바생 구해요!"

소희 언니는 된장찌개를 휘휘 저으며 소리쳤다.

"넌 왜 시은이 일을 안 시키냐? 그러니까 바쁜 거잖아."

"그러다가 지난번처럼 사고 나면 어떻게 하려고 그래요? 좀 익숙해져야 일을 하지."

나는 얼굴이 빨개졌다. 한다고 했는데 그게 일을 안 한 건가 보았다.

"암튼 내일까지 안 구하면 나 관둘 거예요."

사장님은 대번 낯빛이 변했다.

"네가 관두면 저스트 어 모멘트는 돌아가지가 않잖니."

"그러니까 구해요."

"그렇잖아도 전화한 애 있다니까 내일부터 나오라고 할게."

"정말이에요?"

소희 언니는 믿을 수 없다는 얼굴이었다.

"이번에는 진짜 관둘 거니까 알아서 하세요."

"알았다, 알았어."

사장님이 가고 나자 주방 아줌마들이 말을 했다.
"너그들은 소희 같은 애가 떡 버티고 있으니 좋겠다."
"소희야, 주방도 한 명 더 써 달라고 얘기해 주면 안 될까나."
"아줌마들도 관둔다고 그래."
"그러다가 진짜 관두라고 할까 봐 그러지."
아줌마들은 쓸쓸하게 웃었다.
"근데 너 왜 빨간 토끼가 됐냐?"
소희 언니의 말에 사람들의 시선이 내게 집중이 됐다.
"힘들어서 그러지."
아줌마 한 분이 혀를 찼다.
"오늘 오후 장사 때는 토끼 네가 주문받아. 테이블 번호 외우면서."
나는 그제야 소희 언니의 깊은 뜻을 이해했다. 하나씩 차근차근 일을 가르쳤던 것이다. 첫날의 서러움이 고마움으로 바뀌는 순간이었다.
"근데 지난번에 무슨 사고가 있었던 거야?"
아줌마의 물음에 나도 소희 언니를 보았다.
"알바생이 된장찌개 엎은 거지 뭐. 손님 양복에."
"뜨거운 걸?"

"아니, 끓기 전에 부탄가스 바꾸다가 그랬어."

소희 언니는 나를 바라보며 너도 조심해, 하는 눈빛을 보냈다.

"그래서 어떻게 됐어?"

"손님한테 터지고 사장한테 터지고 그날로 관뒀지 뭐."

얻어터졌다는 뜻일까? 나는 궁금함을 참지 못하고 물었다.

"터져요?"

그러자 소희 언니와 수빈이 언니가 동시에 웃음을 터뜨렸다.

"사오정이냐?"

수빈이 언니는 거의 숨이 넘어갈 지경으로 웃으며 물었다. 내 얼굴은 더 빨개졌으리라.

그때 다행히 지배인 오빠가 들어왔다.

"왜 먼저 먹고 그래. 치사하게."

오빠는 자리에 앉자마자 허겁지겁 밥을 먹기 시작했다.

"된장찌개 안 지겹냐?"

소희 언니가 물었다.

"한 오 년 먹는 거지?"

"그렇지. 그래도 된장찌개여서 다행이지."

오빠는 쓸쓸한 얼굴을 서둘러 거두더니 수빈이를 가리키며 말했다.

"애가 패스트푸드점에서 반 년 동안 햄버거만 먹어서 몸이 이렇게 된 거잖아."

"뭐야!"

수빈이는 소리를 질렀지만 순간적으로 얼굴이 어두워졌다.

"나는 순대집에서 일했는데 정말 순대만 먹었어."

아줌마의 말에 우리는 할 말을 잃었다.

그때부터 묵묵히 밥만 먹었다.

된장찌개는 그냥 그랬는데 사리로 넣은 라면 맛은 정말 좋았다.

7

밥을 먹고 아줌마들은 주방으로 들어가고 우리는 테이블을 치운 후 둘러앉아 차를 마셨다. 나는 자꾸 소희 언니한테 눈이 갔다. 그렇게 힐끔거리다가 언니와 눈이 딱 마주쳤다.

"뭘 그렇게 보냐?"

"네?"

"히죽히죽대면서."

내가 웃기까지 했나? 잠자코 있는데 언니가 다시 묻는다.

"물어보잖아. 대답해."

나는 어색함을 참고 말을 했다.

"그냥…… 언니들이 잘해 줘서요."

실은 걱정을 많이 했다. 사장보다 고참들이 알바생들을 더 많이 부려 먹는다고 하는데 '저스트 어 모멘트'도 그런 곳인 줄 알았던 것이다. 오늘 보니 소희 언니도 수빈이 언니도 모두 좋은 사람들인 것 같다. 특히 소희 언니는 멋있어 보였다. 어쩌면 그렇게 일을 잘할까? 언니는 마치 자로 잰 듯이 그러면서도 부드럽게 홀을 누빈다. 거기다가 사장님하고 지배인 오빠한테 할 소리는 다 한다. 언니가 그러니까 나도 사장님 눈치를 덜 보게 되는 것 같았다.

"다 그렇지 뭐."

언니는 대수롭지 않게 대답했다.

"아니야. 나 패스트푸드점에서 일할 때 매니저는 안 그랬어. 패티 빨리 안 굽는다고 사람들 다 보는 데서 뒤집개로 막 머리 때리고 그랬는데 뭐."

수빈이 언니가 말했다.

"거기는 경쟁을 해야 돼서 그래. 점장으로 승진을 해야 하니까."

소희 언니 얼굴에 언뜻 우울한 빛이 지나갔다. 지배인 오빠가 어떻게 지배인이 됐는지는 모르겠지만 '저스트 어 모멘트' 같은 곳은 승진은 없을 것이다. 나는 오빠를 보았다. 말만 지배인이지 전혀 지배인처럼 보이지 않는다.

"시은이, 오늘 일 잘했어?"

"대충요."

나는 기어들어 가는 목소리로 대답했다. 오빠는 소희 언니한테 얼굴을 돌렸다.

"오늘 장사 어땠어? 잘됐어?"

"육십."

잘은 모르지만 육십 명은 더 온 것 같았는데, 생각하는데 오빠가 대꾸했다.

"600,000원이면 중간은 쳤네."

"중간 좋아하네. 수빈이 한 달 월급보다 많다. 넌 대체 누구 편이냐?"

소희 언니가 소리치고 있는데 뎅그르르, 종소리가 났다. 그리고 가게 안의 어색한 기운을 한 방에 날려 버릴 듯한 목소리가 울렸다.

"안녕하세요? 알바생 구한다고 해서 왔습니다."

"어, 전화도 안 하고 왔네."

오빠는 얼굴을 붉혔다.

"내가 오라고 그랬어."

소희 언니는 얼굴 가득 웃음을 띠우며 대꾸했다.

"언제?"

"너 화장실 갔을 때 내가 전화받아서 오라고 그랬다!"

"야, 그러면 어떻게 해?"

오빠는 발까지 동동거렸다.

"아, 시끄러. 언제까지 사장하고 네 말에 속아 넘어갈 줄 알았어? 빨리 채용이나 해!"

소희 언니는 환한 얼굴로 시원하게 말했다.

그리고 나는 놀라운 신체 경험을 했다. 일단 머릿속이 하애졌고 눈빛이 풀리는 기분이 들었으며 손이 달달 떨리기 시작했다.

"채용된 거예요?"

목까지 내려오는 긴 머리의 그가 말했다.

"시급은 얼마 주죠?"

나보다 머리 하나는 더 큰 키의 그가 말했다.

"최저 임금은 보장하는 거예요?"

쌍꺼풀 없는 귀여운 눈의 그가 말했다.

"근로 계약서는 왜 안 써요?"

허스키한 목소리의 그는 말투가 빨랐다. 당황하는 오빠를 한마디로 정리해 준 건 역시 소희 언니였다.

"당장 채용하든가, 지금 나 관두는 거 보든가."

"몰라, 몰라. 네가 책임져."

오빠는 거의 아이처럼 징징댔지만 아무도 아랑곳하지 않

왔다.

그 아이의 이름은 정운이랬다.

"나이는 열일곱. 아르바이트 경험 다수. 현재 무늬만 남녀공학인 대길 고등학교 1학년에 다니고 있음. 끝. 아, 성격이 좀 욱함."

정운이는 빠른 말투로 자기소개를 마쳤다. 다른 건 모르겠지만 성격이 급한 건 분명했다. 그리고 말을 참 잘했다. 나와는 정반대로.

"아유, 잘생긴 총각이 왔네."

내가 왔을 때는 건성이던 아줌마들이 홀까지 나와서 인사를 했다.

"네, 제가 좀 생겼죠."

저런 식으로 말하는 걸 유머로 받아들여야 할까?

"거기다가 재밌기까지 해요."

좀 이상한 애가 아닐까?

"공부는 못해도 꽤 똑똑하고요."

아, 어떤 애면 무엇하랴. 나는 시선을 억지로 거두었다. 자리에 앉는데 얼마나 긴장해 있었는지 몸이 다 뻐걱거렸다. 짝사랑이야말로 내 전문이다. 중학교 때 옆 반이었던 상호가 마지막이었으니 하긴, 그것도 꽤 된 것 같다. 정운이는 우리를 하나 하나 둘러보았다. 너희도 인사를 해라, 는가 보았다. 우리는 돌아가며 간단한 소개를 했다. 그리고 내가 알게 된 사실은 수빈이 언니가 언니가 아니라는 것이었다.

"사장님만 열아홉 살로 알고 있어. 어리면 무시할까 봐 쬐끔 올렸어. 우린 그냥 말 트자."

그럼 나는?

내 눈이 그런 물음을 하고 있었나 보다.

"시은이 너도."

수빈이 언니에서 그냥 수빈이는 혀를 쏙 내밀며 말했다. 그리고 시선을 돌렸다. 정운이를 바라보는 그 눈이 빛을 발하고 있었다.

아, 뭐, 어떠랴. 나는 단 한 번도 누군가의 관심을 끌어 본 적이 없다. 거기다가 마음을 들키지 않는 거야말로 내 전문이다.

"뭐야, 이 반짝반짝 빛나는 눈동자들은? 내가 오기만을 그렇게 기다린 거예요?"

정운이는 귀여운 표정까지 지어 보였다.

아, 뭐 이런 애가 다 있어?

뭐 이렇게 괜찮은 애가…….

아, 이런 애를 매일매일 볼 수 있다니 너무 좋다.

하지만 나는 오후 장사 내내 정운이를 한 번도 보지 않았다.

실은 보지 않는 척하면서 보고 있었다고 말하는 게 맞다. 정운이는 일을 빨리 배웠다. 나와는 달랐다. 소희 언니한테 가르쳐 줄 수 있는 거 한꺼번에 다 가르쳐 달라고 요구하더니 눈치 보지 않고 부지런히 몸을 놀렸다.

"쟤는 여기서 한 일 년 일한 애 같다."

소희 언니 말대로 정운이는 벌써 일하는 품새가 자연스러워 보였다.

왜 내가 좋아하는 사람들은 모든 사람의 사랑을 받는 것일까? 아니, 내가 인기가 많은 사람들만 좋아하는 거겠지. 사랑에서조차 나는 개성이 없는 사람일지도 모르겠다.

8

 일을 시작한 지 삼 일째 되는 날이다. 오늘이 몸이 제일 피곤하다. 육체노동은 삼 일이 고비라던 수빈이 언니 아니, 수빈이 말처럼 내일부터는 조금 나아질까?
 정운이를 본 사장님은 다행히 아무 말이 없었다. 전날보다 손님이 훨씬 더 많았기 때문인지도 모른다. 문이 닫힐 틈도 없이 사람들은 계속해서 입장을 했다. 나도 주문을 받으러 테이블로 갔다. 주문서가 따로 없었기 때문에 잔뜩 긴장이 되었다.
 "뭐 드시겠어요?"
 "여기 신메뉴 추가했니?"
 "아, 죄송합니다. 라면 몇 개 드릴까요?"
 "한 개. 꼬마가 정신이 없구만. 고등학생 맞지?"

"네."

근데 왜 자꾸 반말이냐. 나는 억지웃음을 띠웠다.

"어느 학교 다녀?"

"네?"

나이가 들어 보이는 아저씨는 혀를 차며 말했다.

"학생이 공부를 해야지, 이런 데서 돈 벌고 있으면 되겠어?"

"그냥 두세요."

함께 온 여자가 말했다. 나는 그 틈에 자리에서 얼른 벗어났지만 여자가 하는 말을 똑똑히 들었다.

"요즘 애들 문제야, 문제. 어린것들이 너무 일찍 돈맛을 알아 가지고."

하, 나도 모르게 그런 소리가 나왔다. 정말 할 말이 없었다. 다시 주문받을 용기가 나지 않았다.

정운이는 별 문제가 없어 보였다. 이 테이블 저 테이블 부지런히 다니면서 주문도 여러 개를 한꺼번에 받았다.

"6번에 둘! 13번에 하나!"

정운이는 카운터에 가서 또박또박 말하고는 주방에서 육수와 라면을 챙겨서 정확하게 잰걸음으로 테이블로 가져갔다. 사장님은 정운이를 흐뭇하게 바라보았다.

정운이가 먼저 채용이 되었다면 나는 어떻게 되었을지 모르겠다는 생각이 들었다. 소희 언니 말에 의하면 회사원들이 휴가를 가기 시작할 무렵부터 수빈이와 둘이서만 일했다고 한다.

"알바생이 실수할 때만 기다렸다가 계획적으로 자른 거야."

"우리한테는 구인 광고 냈다고 거짓말했어. 그걸 소희 언니가 알아냈어. 그러고서는 또 알바생한테 전화 오니까 사람 구했다고 오지 말라고 하고."

수빈이가 원래 저렇게 혀가 짧았나.

"그 수법이 계속 통할 줄 알았던 거지."

소희 언니는 지겹다는 얼굴을 했다.

"근로 기준법 위반인데."

정운이는 심각한 얼굴로 말했다.

"근로 기둔법?"

수빈이는 작은 눈을 치켜뜨며 물었다. 눈을 크게 보이려고 그러는 것 같았다. 아무튼 급격하게 짧아진 혀 때문에 기준법이 기둔법이 되었다.

"뭐야, 넌?"

정운이는 수빈이에게 다짜고짜 물었다.

"뭐가?"

수빈이는 점점 더 귀여워지기 시작했다. 너무너무 귀여워서 아주 머리통을 한 대 쥐어박고 싶었다.

"나한테 완전히 반한 거야?"

그 말에 소희 언니는 웃음을 터뜨렸다. 나도 그만 킥킥거리고 말았다.

"내가 모?"

계속 귀여운 수빈이는 얼굴이 발그레해서 수줍은 듯 웃었다.

나 너 좋아해!

그렇게 완전히 노골적으로 드러내 놓고 밝힌 거나 다름이 없다.

혜연이가 떠오른다.

상호를 좋아했던 건 나만이 아니었다. 여자애들은 차마 말은 못 걸고, 늘 바지 호주머니에 손을 넣고 다니며 어쩐지 우수에 젖어 있던 그를 힐끗거리곤 했다. 다가서면 무안을 당할 것 같은, 만약 사귀게 되더라도 왕자님처럼 떠받들어야 할 것 같은, 못되게 굴어도 뭐라 할 말이 없을 것 같은 강렬한 분위기의 상호에게 가장 먼저 다가갔던 게 바로 혜연이었다.

돌이켜 생각해 보면 혜연이와 내가 친구가 된 건 바로 상호 때문이었던 것도 같다. 혜연이는 함께 상호를 보러 가도 아무런 일이 일어나지 않을 것 같은 평범한 나에게 손을 내밀었다. 그리고 누가 되어도 좋으니 이름만 불러 주기를 바라며 책상에 엎드려 있던 나는 그 손길이 고마웠다. 혜연이는 최선을 다

했지만 복도에서 눈이 마주치면 아는 체를 하는 관계 이상 발전하지 못했다. 상호는 아무하고도 사귀지 않았다. 게이라는 소문이 돌기도 했는데, 그건 아이들 사이에서 대상이 누구든 상관없이 유행어처럼 자주 오르내리는 말이었다. 상호가 게이라고 확신하는 사람은 혜연이 뿐이었다. 상호와의 관계가 완전히 끝나고 난 후에도 혜연이는 나를 자기 친구들 사이에 끼워 주었다.

그저 그런 친구 사이였던 우리는 반이 갈리면서 자연스럽게 멀어졌는데 고등학생이 되어서 다시 만난 것이다. 이번에도 혜연이가 먼저 손을 내밀었다. 나는 상호가 운영하는 블로그 이야기를 꺼내려다 관두었다. 다행히 혜연이도 상호 이야기를 꺼내지 않았다. 나는 즐겨 찾기에 저장해 둔 그의 블로그를 지웠다.

혜연이와 내가 단 한 번이라도 진실한 친구였던 적이 있었을까?

그 많은 시간을 함께했는데 떠오르는 추억이 없다. 왜? 무엇이 문제일까?

나는 스스로를 위로하기 위해 혜연이의 단점을 떠올리려다 그만두었다. 다리가 욱신거린다. 어깨는 결리고……, 아, 드디어 결린다는 게 무슨 뜻인지 이해했다. 엄마가 자주 하는 말이다. 삭신이 쑤신다. 그 말도 이해가 되었다. 몸이 이해하고 있다.

 잠을 자기는 이른 시간이라 텔레비전을 켰다. 연예인들이 나와서 게임을 한다. 재밌어 보인다. 채널을 돌렸다. 연예인들이 가상으로 부부가 되어 사는 모습을 보여 주고 있다. 재밌어 보인다. 채널을 돌렸다. 연예인들이 맛 집을 소개하고 있다. 맛있어 보인다. 텔레비전을 끄자 행복해하던 연예인들이 모두 사라졌다.

 침대에 누웠다.

 부모님은 오늘도 늦으시나 보다.

 한 일주일, 영어 단어 한 번 들여다보지 않았다. 공부를 하지 않으니까 머리가 맑아지면서 오히려 생각이 깊어지는 것 같다. 낼모레면 주급을 받는다. 월급은 아니더라도 처음으로 버는 돈이다. 생각만 해도 짜릿하다. 부모님에게 작은 선물이라도 할 생각이다. 소희 언니와 수빈이는 옷을 참 잘 입는다. 그런 재주는 없어도 티셔츠도 하나 사고 싶다. 나는 오늘 용기를 내어 막 퇴근하려는 사장님한테 달려가 주급을 물어보았다. 사장님은 알아서 줄 테니, 걱정하지 말라고 했다.

 "내가 너만 한 딸이 있어. 그냥 열심히 일만 해."

 정운이가 말한 최저 임금제도 떠올랐다. 인터넷에 검색해 보니 올해부터 4,110원이다. 목요일부터 일했으니 첫날 세 시간으로 계산하면 총 서른다섯 시간 노동에 143,850원이다. 가슴이 설레었다.

나는 앞으로의 인생에 대해 좀 더 많은 생각을 하려고 했으나 피곤해서 일찍 잠이 들었다.

9

 오후 장사는 손님이 적기도 하지만 사장님이 없기 때문에 확실히 긴장이 덜 된다. 사장님이 있으면 자꾸 감시받는 기분이 드는 것을 어쩔 수가 없다. 점심 장사를 마치고 우리가 늦은 점심을 먹을 즈음 사장님은 카운터를 정리하고 돈을 가지고 퇴근을 한다. 특별한 일이 없으면 가게에 들르는 일은 없다고 한다.
 일이 몸에 붙자 주변이 보이기 시작했다. 사장님은 그 시간에 어디로 가는 것일까?
 "노래방 크게 하거든. 글루 가는 거야. 지배인 오빠가 교대하고 이리로 오는 거구."
 벌써 다섯 달째 접어드는 수빈이 말해 주었다.

"사장님은 잠도 없나 보다."

나는 아무 생각 없이 말했다.

"잠이 없는 건 오빠지. 열 시에 여기 가게 끝나고 나면 다시 노래방으로 가서 새벽 네 시까지 일하는데."

하긴, 아무리 바빠도 카운터에서 "빨리빨리." 소리나 할 뿐인 사장님이 다른 데서 일할 리가 없지. 소희 언니가 없다면 정말 '저스트 어 모멘트'는 움직이지 않을 지도 모른다. 거기다가 우리가 모두 출근을 하지 않는다면 어떻게 될까? 그러면 사장님은 일을 할까? 아마 가게 문을 닫고 사람을 구할 것이다. 일할 사람은 많을 테니까.

점심 장사를 마치고 나자 몸이 노곤했다. 밥 먹는 동안 손님이 들어오지 않기를 바라며 자리에 털썩 주저앉았다. 일을 하고 난 다음부터 다리가 아파서 자꾸 이렇게 앉게 된다. 한 번 앉고 나면 다시 일어서는 게 힘들다. 나는 앉기 전에 라면을 몇 개 가지고 왔다.

그런데 세 시면 부리나케 들어오던 지배인 오빠가 밥을 다 먹고 치우고 난 뒤 들어왔다. 시계를 보니 네 시가 넘었다. 울었는지 부은 얼굴이었다. 무슨 일이 있는 걸까? 소희 언니는 오빠를 데리고 밖으로 나갔다.

그러는 동안 손님이 들어왔고 홀에는 우리 세 명만 있었다.

수빈이는 정운이가 온 뒤로 얼굴에 살짝 화장을 해서 나이가 조금 더 들어 보인다. 나는 정운이가 수빈이한테 그런 것처럼 "나한테 완전히 반한 거야?" 비슷한 소리라도 할까 봐 항상 멀찌감치 서 있다.

하지만 어느 틈엔가 보면 정운이는 내게 바짝 붙어 서서 끊임없이 떠들고 있다. 여덟 시간 노동은 너무 길다, 거기다가 한 시간 휴식이 그나마 밥시간이라는 게 말이 된다고 생각하느냐, 밥을 먹다가도 우리는 손님이 오면 일을 해야 한다, 일을 하다 보면 배가 고프다, 중간에 간식은 한 번 먹어야 한다. 휴게실을 만들어야 한다고 생각하지 않느냐, 사실 학교에 휴게실을 만드는 문제가 더 시급하다……, 는 식인데 딱히 대답을 요구하지도 않는다.

정운이는 그렇게 또 이야기하고 있었고 나는 그 애의 티셔츠 자락을 보고 있었다. 그런데 느닷없이 말이 뚝 끊겼다. 나는 정운이의 시선이 머무는 곳으로 고개를 돌렸다. 수빈이가 주문을 받고 있다. 그런데 남자 손님이 수빈이 엉덩이를 두드리고 있다!

"하!"

내 입에서 튀어나온 소리였다. 수빈이는 잔뜩 굳은 얼굴로 카운터로 가더니 장부에 기재를 하고 쟁반에 술과 잔을 담았다.

정운이는 수빈이를 막아서더니 쟁반을 빼앗으며 빠르게 말했다.

"너 이제 주문받지 마."

그리고 정운이는 내게 시선을 돌렸다.

"너도."

정운이는 그때부터 남자들만 있는 테이블에는 자기가 나가서 주문을 받았다.

다섯 시가 넘어서 주방 아줌마들이 퇴근하고 나자 소희 언니와 지배인 오빠가 들어왔다.

"별일 없었지?"

언니는 그 말뿐이었다. 오빠 얼굴은 더 부어 있었다. 작은 눈이 아예 안 보였다. 오빠는 주방으로 들어갔다. 소희 언니가 오빠 대신 카운터로 갔다.

드디어 일곱 시가 되었고 우리는 퇴근할 준비를 했다. 그런데 수빈이는 멀뚱하니 서 있다.

"수빈이는 오늘부터 밤에도 일해."

소희 언니가 대신 말해 주었다.

"하."

내 입에서 또 그런 소리가 나왔다.

"토끼, 가자."

언니는 수빈이한테도 지배인 오빠한테도 인사하지 않고 문을 벌컥 열고 먼저 나갔다. 수빈이는 고개를 돌리고 있고 오빠는 쪼그리고 앉아 얼굴을 감싸고 있다.

정운이와 나는 앞치마만 벗어 놓고 언니 뒤를 따랐다. 우리를 맞은 건 뜨거운 바람이었다.

"아, 씨. 생맥주 생각난다."

언니가 말했다.

"마시러 가요."

정운이 시원하게 대답했다.

"너 미성년자잖아."

"사이다 마시면 돼요. 어차피 술은 못 마셔요."

"토끼는?"

"저도 술은 못 마셔요."

소희 언니는 픽, 웃었다.

"지금 그거 물어본 거야? 같이 갈지 말지 물어본 거지. 너 자꾸 그러면 진짜 사오정으로 바꾼다. 놀란 사오정."

나는 당황해서 고개를 푹 수그렸다.

"근데 왜 시은이가 놀란 토끼야?"

정운이는 언니 기분이 좀 풀린 것 같으니까 평소처럼 말을 놓았다.

"쟤 처음 왔을 때 잔뜩 얼어서 네? 네? 그 소리만 했거든."

하필, 정운이 앞에서…….

"저거 봐라. 빨간 토끼도 된다."

나는 빨개진 얼굴을 두 손으로 가렸다.

"귀엽잖아."

정운이의 그 소리에 가슴이 쿵, 내려앉았다. 다행인 건 내가 주제 파악을 좀 한다는 것이다.

우리는 맥주집으로 들어갔다.

"아, 이걸로 신입생 환영회 때우는 건 아니겠지?"

정운이 말에 언니가 대꾸했다.

"당연하지. 주급 타는 날은 신입들이 사는 거야. 내일이네."

그때 정운이 눈이 반짝 빛났다.

"그럼 이건 누나가 사 주는 거야?"

"근데 너랑 나랑 여덟 살 차인데 왜 자꾸 반말이야?"

"뭐야? 누나도 나이주의야? 꼰대들이나 나이주의 하라고 그래."

나는 나이주의가 뭔지 궁금했지만 꾹 참았다.

맥주와 사이다가 나왔다. 나는 찬 우유를 마시고 싶었지만 그것도 참았다. 정운이와 너무 가까이 앉은 것 같아서 의자를 살짝 들어 옆으로 옮겼다.

"야, 네가 자꾸 시끄럽게 하니까 시은이가 피하잖아."

아, 소희 언니 제발…….

"아니야, 가만 보니까 시은이도 나한테 반한 것 같아. 좋아하면 피하는 이런 여자애들이 있거든."

아, 정운아 제발…….

소희 언니는 기분이 완전히 풀린 듯 보이더니 다시 어두워졌다.

"저스트 어 모멘트인데 말이야."

완전한 한국식 발음으로 말했다.

"저스트 어 모멘트 해야 되는데 벌써 나도 삼 년이 됐어."

그리고 지배인 오빠에 대한 이야기를 꺼냈다.

"너희도 눈치를 챘는가 모르겠는데 걔가 좀 바보잖아."

"진짜요?"

나는 깜짝 놀라 물었다. 언니는 다시 웃음이 터졌다.

"나는 사오정보다 토끼가 더 좋다. 분위기 파악 좀 해라."

정운이 편잔을 했다. 나는 차가운 사이다를 벌컥벌컥 들이켰다. 트림이 나려는 걸 간신히 참았다.

"에이, 오늘은 그냥 마시자!"

언니는 남은 술을 쭉 들이켜더니 다시 한 잔을 또 한 잔을 시켰다. 술을 참 잘 마셨다.

언니한테 들은 이야기는 그랬다. 지배인 오빠는 여태껏 한

푼도 못 받고 사장님이 운영하는 노래방에서 일을 했다는 것이다.

"말도 안 돼."

"그러니까 바보지. 내가 그렇게 잔소리를 했는데 바보가 들어야 말이지."

"어떻게 그럴 수가 있어요?"

말하자면, 이랬다고 한다. 오빠는 고등학교를 졸업하자마자 저스트 어 모멘트에 취직을 했다. 먹고 잘 데가 없어서 아침부터 밤까지 일을 하고 가게에서 잤다. 사장님이 돈을 많이 벌어 노래방을 차렸다. 사장님은 노래방에 쪽방이 있는데 거기서 잠도 자고 음료수도 마음껏 뽑아 먹고 돈도 벌라고 했다는 것이다.

"처음에는 노래방 자리 잡으면 돈 준다고 했다가, 자리 잡으니까 목돈으로 챙겨 준다고 했다가, 그다음에는 무슨 말로 꼬셨는지 아냐?"

나는 내가 듣고 있는 그 악덕 기업주가 매일 얼굴을 보는 '저스트 어 모멘트'의 그 사장님인지 믿을 수가 없었다.

"노래방을 준다고 했다. 그게 말이 되냐?"

"그러니까 이거구나."

머리가 빨리 돌아가는 정운이가 정리를 했다.

"밀린 월급 대신 노래방을 주겠다. 그러니까 네 가게라고 생각하고 더 열심히 일해라."

"그거야. 근데 노래방이 도우미 써서 걸린 거야. 포상금 노리고 노파라치들이 그 일대를 완전히 들쑤셨거든. 이번이 두 번째 걸린 건데 영업 정지 두 달. 세 번째 걸리면 폐업이거든. 사장이 가게 내놨잖아."

"하!"

나는 어이가 없었다.

"그러면 오빠는요?"

"완전 물먹은 거지."

"노동부에 신고해야 돼."

정운이 말했다.

"그 바보는 사장이 하는 말만 믿고 있어. 노동부에 신고해 봤자 근로 계약서도 쓰지 않았기 때문에 네가 일했다는 증거는 없다. 그래도 내가 다 생각해서 계산해 줄 테니까 기다려라. 그랬단다."

"여지까지 속아 놓고, 그 형 정신 못 차리네."

"거기다가 뭐랬는지 아냐? 네가 그 나이에 이만 한 가게 지배인 노릇하면서 다녔으면 그것도 괜찮은 경험으로 생각하랬댄다. 이제 다 이용해 먹은 거야. 저스트 어 모멘트도 자리 잡았고 노래방도 뽑을 만치 뽑았고. 지배인은 말이 지배인이지 얼어 죽을."

"달삼쓰뱉."

정운이는 나를 보면서 다시 말했다.

"달면 삼키고 쓰면 뱉는다. 달삼쓰뱉."

그때 갑자기 딸꾹질이 나왔다.

"왜 그래?"

"얼굴이 어째 쫌……."

소희 언니는 내 얼굴을 들여다보았다. 정운이는 벌떡 일어나서 따뜻한 물을 한 컵 가져왔다.

"천천히 마셔 봐."

물을 마셔도 딸꾹질은 멈추지 않았다. 가슴이 이상하게 두근거렸다.

"취한 거 아니야?"

소희 언니가 물었다.

"네?"

"술 냄새에 취하는 사람이 있다더니 너 그런 이상한 사람 아니야?"

"네?"

"쟤 또 놀란 토끼 시작했다. 그만 가자."

우리는 밖으로 나왔다. 신기하게 딸꾹질이 멈췄다.

나는 얼마 동안 저스트 어 모멘트에 있게 될까? 짧은 시간 동안 너무 많은 것을 알아 버린 기분이다.

"근데 수빈이는 왜 밤까지 일한대?"

정운이 말을 듣고서야 소희 언니한테 물어보지 않은 게 생각났다.

고개를 돌렸다. 언니는 막 모퉁이를 돌고 있다.

"하긴 물어봐야 뭐 하냐. 돈 필요하니까 하는 거지."

정운이는 할 말이 더 있는 얼굴로 바라본다.

"왜?"

"뭐가?"

"무슨 할 말 있어?"

"여자애들은 참 이상해. 왜 자꾸 나한테 무슨 할 말 있냐고 묻는 거야. 할 말은 지네들이 있는 거 아니야."

나는 정말 궁금하다. 정운이가 왜 이런 소리를 자꾸 하는지.

"근데 너 정말 그렇게 생각하는 거야?"

"뭐가?"

"아니 뭐 그냥. 여자애들이 다 너 좋아한다고 뭐 그렇게 생각하는 건지 궁금해서."

"내가 미친놈이냐. 가라."

그 말을 하고 정운이는 정류장으로 뛰어갔다. 다행이다. 미친놈이 아니어서.

10

 나는 '저스트 어 모멘트'에 대해서 아니, 사장님에 대해서 많은 것을 알게 되었는데도 불구하고 일은 열심히 했다. 테이블 번호를 외우고 나자 자신감이 생겼다. 손님들이 식사를 하는 동안 주위를 둘러보며 언제든지 튀어 나갈 준비를 했다. 테이블 벨이 울리거나 "저기요!" 소리가 들리면, 때로는 아무 말 없이 손이 올라가도 재빨리 달려 나갔다.
 "엔간히 해라."
 소희 언니가 와서 속삭였다. 그러고 보니 언니는 확실히 조금 움직이고 있었다. 나는 지배인 오빠 일이 생각나서 무안해졌다. 사장님한테 잘 보이려고 그러는 거라 오해할까 봐 걱정이 되었다. 그러다가 사장님과 눈이 마주쳤다. 날 보며 흐뭇하게 웃고 있다. 재빨리 눈을 돌렸다. 그렇게 눈치를 보다 보니 점심 장사가 끝났다.

우리가 막 밥을 먹으려는데 돈 계산을 끝낸 사장님이 카운터를 정리하고 다가왔다.

"시은아, 일할 만하니?"

"네?"

"너 처음 왔을 때 일하는 거 보고 좀 걱정했는데, 오늘 보니까 잘해. 아주 잘해요."

나는 아무 말도 못하고 가만히 있었다.

"일 끝나고 지배인한테 주급들 받아 가. 다들 일주일 동안 수고 많았다. 내일부터 다시 시작하는 기분으로 더 열심히 하도록 해. 아주머니들도 수고 많으셨어요."

주방 아줌마들은 일어나서 "사장님, 안녕히 들어가세요!" 인사를 하고 우리는 시선은 된장찌개에 둔 채 입으로만 인사를 했다. 솔직히 나는 일어서서 깍듯하게 인사를 하고 싶었지만 소희 언니 눈치를 보느라고 그러지를 못했다. 사장님도 딸이 있다고 했는데, 아빠가 이렇게 무시당하는 모습을 보면 기분이 어떨까 생각하니 마음이 편하지 않다.

밥을 먹자마자 아줌마들은 주방으로 들어갔다. 오늘은 수빈이가 커피를 타서 돌렸다.

"토끼."

그 소리에 깜짝 놀라 뜨거운 커피를 그냥 삼켰다. 아, 소희 언니는 무슨 말을 하려는 걸까? 언니가 핀잔하던 게 떠오른다. 지배인 오빠를 생각해서라도 그렇게 일을 열심히 하면 안 되지, 그런 소리를 하면 뭐라고 대답을 해야 하는 걸까?

"일 재밌지?"

"네?"

"재밌을 때야. 이런 일 처음 해 본다며. 육체노동이란 게 묘한 게 있어서 적응이 되고 나면 이상하게 보람 같은 것도 느껴지고 그렇거든. 근데 적당히 해라."

수빈이가 끼어들었다.

"소희 언니가 일 조절하는 거 몰라?"

수빈이는 두 손으로 컵을 잡고 호호 불면서 말을 했다.

언니는 진지했다.

"네가 일 열심히 하면 또 한 사람 잘린다. 그러니까 눈치껏 하라고."

아, 그런 뜻이었구나.

"특히 여기 사장은 우리가 무슨 일하는 기겐 줄 알아."

"으이구, 학교에서는 공부하는 기계, 근로 현장에서는 일하는 기계. 인간으로 태어났는데 기계로 키워지다니."

정운이는 의자에 반쯤 드러누우며 말을 이었다.

"내가 순대촌에서도 일했었잖아. 힘들고 더러워서 죽는 줄 알았어. 근데 거기는 사장들이 꼭 이모라고 부르래. 우리 이모면 나한테 순대만 먹였겠냐?"

"정말 순대만 먹었어?"

나는 주방 아줌마의 말이 떠올라 물었다.

"그 기름진 순대를 딱 세 달만 먹어 봐. 몸이 나처럼 되지. 그래 놓고 돈은 엄청 짜요. 내가 최저 임금 얘기했더니 어떻게 이모한테 그럴 수 있냐는 거야."

"하!"

내가 그 소리를 하자 일제히 시선이 집중됐다.

"그게 뭔 소리냐?"

소희 언니가 물었다. 언제부터 생긴 버릇일까? 저스트 어 모멘트에서 일하고 난 후부터인 것 같다.

"나도 모르게 자꾸."

나는 무안해서 입맛을 다셨다. 정운이 말했다.

"그럴 때는 이렇게 말하는 거야. 씨발."

"하!"

또 그 소리가 나왔다. 나는 얼른 입을 막았다.

"어른이 되어 가는 과정은 바로 욕을 배워 가는 과정이거든.

정말 씨발스럽지."

나는 시선을 돌렸다. 그런 생각은 해 본 적이 없다. 혼자 있을 때 욕을 한 적은 많다. 친구들하고 있을 때 맞장구를 친 적도 많다. 하지만 내가 욕을 주도했던 적은 없다. 어른이 되어 가는 과정은 하고 싶은 욕을 참는 과정이라고 생각했다. 어렵고 힘든 일을 자기 혼자 묵묵히 감당해 내는 것, 그런 것이라고만 생각했다.

"욕을 한다는 건 인정한다는 거거든. 피하지 않고 이 더러운 현실을 받아들인다는 거야."

정운이는 눈을 반짝거리며 말을 했다.

나는 자꾸 정운이가 궁금해진다. 어떤 아이일까? 어떻게 살아온 아이일까? 눈이 마주쳤다. 또 뭔가 할 말이 있는 눈이다. 나는 물어보고 싶은 걸 참았다.

"우리 오늘 삼겹살 먹는 거야?"

정말 할 말이 있었나 보다.

"아, 아니다. 토끼하고 내가 사는 거지. 라면 먹어야겠다. 컵라면. 단무지도 쏠게."

퇴근 후 어떻게 할 건지 이야기하고 있는데 지배인 오빠가 들어왔다.

"밥은?"

소희 언니가 물었다.

"사 먹고 왔어."

오빠 얼굴은 여전히 부어 있다.

"가게는?"

"경고받았다고 바로 문 닫아야 하는 건 아니니까."

그러고 보니 고작 며칠을 함께 보낸 사람들인데도 남 같지가 않다. 함께 일하고 함께 밥을 먹어서인가? 어쩌면 처지가 같아서 인지도 모른다.

카운터로 들어가는 오빠의 뒷모습이 아이처럼 작아 보인다. 오빠와 소희 언니에게 지금 '저스트 어 모멘트'는 저스트 어 모멘트가 되지 않고 있다. 소희 언니는 전문 대학을 나왔다. 취직하기 전에 잠깐만 하려고 시작한 곳인데 이제는 이곳에 있나 다른 곳을 가나 받는 돈이 똑같아서 그냥 눌러앉아 있다고 했다. 언니가 돈을 얼마나 받는지는 모른다.

"백만 원이 넘으면 내가 말을 하지."

언니는 똑똑하고 일도 잘하는데, 언니가 없으면 가게는 돌아가지도 않는데……. 나는 언니보다 훨씬 못한데, 그러면 나는 앞으로 어떻게 되는 걸까?

"토끼. 너는 대학 졸업하고 취직 안 돼도 절대 이런 데 오지 마. 나도 좀 더 참았어야 했는데, 엄마만 아니었으면……."

언니는 서둘러 말을 거두었다. 소희 언니 엄마에게 무슨 일이 있었던 걸까?

오후에는 다른 날보다 손님이 많았다. 그래도 힘든 줄을 모르고 일을 했다. 주급을 받는 날이니까! 143,850원을 어떻게 쓸지 이미 계획도 다 세워 놨다.

"입고 다닐 옷이 없어."

엄마는 그 말을 달고 산다. 나는 근처 옷 가게에서 브이 네크라인에 옅은 보랏빛 셔츠를 봐 두었다. 가격을 물어보니 자그마치 50,000원이나 한다고 했다. 그래도 괜찮다. 돈이 있으니까. 아빠한테는 와인을 사 드릴 거다. 소주만 먹지 말고 몸에 좋은 것 드시라고. 그러고 나면 대략 5, 6만 원 정도 남을 것 같다. 오늘 얼마를 써야 할지 모르지만 내 티셔츠 살 돈은 남겠지. 안 남아도 상관없다. 나는 또 알바를 뛰니까. 선물을 받고 기뻐할 부모님을 떠올리니 힘이 마구 솟는다.

나는 어쩌면 그렇게 순진했을까?

내가 받은 주급은 143,850원이 아니었다.

11

"아니, 돈이 왜 이거밖에 없어?"

봉투를 받은 정운이는 흥분해서 지배인 오빠한테 대들었다.

"왜 반말이야?"

"내가 반말 안 하게 됐어? 최저 임금 보장한다며!"

정운이는 꽥꽥 소리를 질렀다.

"돈은 사장님이 주는 거야. 나는 몰라."

오빠는 정운이 기세에 눌려 우물거렸다.

"야, 그건 쟤 소관 아니야."

소희 언니도 말렸다.

"우, 정말 미치겠네. 미치겠어."

정운이는 자리에 털썩 주저앉았다.

"토끼, 야! 놀란 토끼!"

정운이는 불량스럽게 나를 불렀다. 첫날 욱, 하는 성격이 있다더니 지금 욱, 하고 있는 중인가 보았다.

"넌 얼마 받았어?"

"98,000원."

"정말 돌겠네. 돌겠어. 아유, 돌아 버려. 야, 사장 불러!"

"불러서 뭐 해."

소희 언니는 팔짱을 끼었다.

"대화가 됐으면 그동안 내가 가만히 있었겠냐. 일단 진정 좀 해."

정운이는 숨을 몰아쉬더니 두 손으로 머리카락을 마구 쥐어뜯고는 말했다.

"일단 뭐 좀 먹자. 배고파. 어이, 지배인. 우리 먹을 것 좀 갖다 줘."

"근데 저 새끼는 왜 자꾸 반말이야."

지배인 오빠는 궁시렁거렸다.

"된장찌개 말고 손님들한테 나가는 안주 좀 만들어 와."

"야."

오빠는 소심하게 소리쳤다.

"아, 만들어 와 주세요. 지배인 님."

정운이는 고쳐 말하고 고개를 푹 수그리더니 억센 발음으로 말했다.

"씨발."

욕을 하고 싶은 건 나도 마찬가지였다.

손님이 들어왔고 수빈이는 주문을 받으러 갔다.

"여기서 먹을 거야?"

소희 언니가 물었다.

"그럼 어떻게 해. 수빈이 쟤 혼자 일하게 놔두고 우리끼리 나가서 놀 수 없잖아."

정운이는 언제 그런 생각까지 한 걸까?

"기특한 놈."

나도 언니와 같은 생각이었다.

손님 테이블에 두부 김치가 나가자 우리에게도 두부 김치가 놓였다. 다른 손님이 들어와 족발을 주문했다. 우리에게도 족발이 나왔다. 배가 고프다던 정운이는 안주를 보고만 있더니 밖으로 뛰어나가 뭔가를 잔뜩 사 왔다.

"이건 누나 맥주."

정운이는 대여섯 개나 되는 캔 맥주를 테이블 위에 올렸다.

"이건 토끼 거."

나는 막대 사탕과 바나나 우유였다.

"수빈이 거."

역시 막대 사탕과 바나나 우유.

"그리고 이건 불쌍한 정운 님 거."

초코 우유였다.

"초코 우유가 모두 몇 종류인지 아는 사람?"

정운이는 우리를 둘러보며 물었다. 마침 수빈이도 자리에 와서 앉았다.

"순대촌에서 일할 때 너무 힘들었어. 그래도 버틸 수 있었던 게 이 초코 우유 때문이었어. 하루 일을 마치고 마시는 초코 우유는 피로를 싹 풀어 줬거든. 같은 초코 우유만 마시면 질리니까 상표를 바꿔 가면서 마셨어. 새로운 초코 우유가 나오면 그렇게 좋았는데. 일 끝나면 새벽 한 시였는데 편의점에 들어가서 초코 우유를 사. 그걸 마시면서 가로등 밑을 지날 때면 괜히 보람되기도 하고, 또 서럽기도 하고 그랬지."

정운이는 초코 우유를 벌컥벌컥 마시더니 수빈이를 보고 말했다.

"너 누나 옆으로 가."

"응?"

수빈이는 울상이 되었다.

"토끼, 네가 내 옆으로 오고."

나도 울상이 되었다.

"왜?"

나는 얼굴이 발개졌다.

"너 또 딸꾹질할까 봐 그러지."

수빈이는 술 냄새에 취하는 나의 이상 체질에 대한 이야기를 듣고 자리를 바꿔 주었다. 그날의 딸꾹질이 정말 술 냄새 때문이었는지 어쩐지는 모른다. 아무튼 정운이 옆에 앉으니 불편해서 죽을 지경이었다. 가슴이 다시 두근거리기 시작했다. 배가 고픈데 족발도 못 먹고 두부 김치도 못 먹고 막대 사탕만 빨았다.

그때 지배인 오빠가 왔다.

"야, 너희 여기서 계속 이러고 있으면 어떻게 해?"

오빠는 정운이 눈치를 보면서 말했다.

"뭐가 어때서……요?"

정운이 말했다.

"배 채웠으면 그만 가야지. 소희 너도 미성년자하고 같이 술 마시면 안 되지."

"하!"

나한테 또 그 소리가 나왔다. 얼른 입을 막았지만 이미 모든 시선은 내게 향해 있었다.

"토끼!"

정운이는 오늘 계속 불량스럽다.

"하! 그 말의 뜻을 문장으로 말해 봐."

나는 가만히 있었다.

"너는 말하는 연습을 좀 해야 돼. 말해 봐."

나는 정운이를 원망스럽게 바라봤다. 그런데 어찌된 심산인지 모두들 내 이야기를 들을 생각인 것 같았다. 어색한 침묵이 흘렀다. 나는 말을 해야 했다.

"어이가 없어서."

"뭐가?"

"수빈이도 미성년자인데 그렇게 말하니까."

"뭐가?"

또 뭐가라니…….

"미성년자 일시키면서 그러니까."

"들었지?"

정운이는 오빠를 보며 대꾸했다.

"그러니까 사장한테 근로 기준법이나 지키라고 해. 그러고 나서 까라면 안 깔 거 같아?"

"야, 이 새끼야."

지배인 오빠는 자리에 앉으며 말했다.

"너 왜 자꾸 반말해?"

"억울하면 너도 반말해."

"좋아. 그럼 나도 반말한다. 아니지, 나는 원래 너한테 반말해도 되잖아."

오빠는 얼굴이 빨개졌다. 우리는 참지 못하고 웃음을 터뜨렸다. 오빠도 결국 웃고 말았다.

"건방진 놈이야. 반말이나 하고."

"마음이 더 중요한 겁니다."

정운이는 정색을 하고 말했다.

손님이 계속 들어와서 오빠는 자리에 앉아 있을 수가 없었다. 안주 만드는 일까지 해야 해서 무척 바빴다.

"근데, 언니."

나는 말을 꺼냈다.

"왜 내 주급이 98,000원인 거예요?"

언니는 잠시 생각하더니 말했다.

"일단 첫날 일한 거는 깐 거고, 밥 먹는 시간도 다 꺾은 거고, 시급 3,500원 계산해서 스물여덟 시간. 98,000원. 그게 사장들의 계산법이야."

"혹시 사장님이 무슨 착각 같은 거 한 게 아닐까요?"

언니는 픽, 웃는다.

"개들은 정신 놓고 있다가도 돈 계산 하나는 정확하게 해. 지들 식으로."

그래도 나는 믿을 수가 없었다. 아니 믿고 싶지 않았다.

"나 들어왔을 때는 더 심했어. 그나마 조금 나아진 거야."

그 말을 들으니 무릎에 힘이 빠졌다. 나만 한 딸이 있다더니, 다 알아서 해 준다더니…….

"노동부에 신고해야 돼."

정운이 말에 언니는 심드렁하게 대꾸했다.

"꼭 너같이 욱, 하는 애 하나가 신고한 적이 있지."

"그럼 벌금 물잖아."

정운이 말했다.

"벌금은 무슨. 그냥 말만 해 주고 가더라. 이런 애가 신고했다고. 그래서 걔 잘렸잖아. 그걸로 그냥 끝인 거야."

언니는 맥주를 들이켰다. 다시 지배인 오빠가 달려왔다.

"야, 저기 손님들이 뭐라고 하잖아."

"뭘?"

이번에는 소희 언니가 눈을 치떴다.

"아니 뭐. 자기들도 캔 맥주 마시고 싶다고."

"아, 그럼 네가 사다 주든가!"

언니가 소리를 빽, 질렀다.

"에이, 이젠 나도 모르겠다."

오빠는 자리에 앉았다. 하지만 뎅그르르, 종소리가 들리자 벌떡 일어섰다. 오빠는 카운터로 주방으로 바쁘게 돌아다녔다. 수빈이는 겨우 숨을 돌리는가 싶더니 우르르 들어온 단체 손님 때문에 다시 바빠졌다. 그 모습을 보던 정운이는 낮게 욕을 하더니 수빈이 대신 주문을 받기 시작했다. 그러더니 주방으로 들어가 나오지를 않았다. 지배인 오빠를 돕는가 보았다.

언제쯤 일어서야 할까, 그런 생각을 하면서 핸드폰을 만지작거렸다. 부모님은 늦은 밤에야 돌아오는데 오늘 따라 괜히 보고 싶다. 뚜껑을 열었다 닫았다 하고 있는데 문자 하나가 들어와 있는 게 보였다. 주희였다.

잘 지내고 있지? 더위 먹지 않게 조심해. 나는 둘보다 셋이 좋다. 혜연이하고 화해했으면 좋겠어. 네가 먼저 다가가 봐.

혜연이하고 그런 일이 있었던 게 까마득한 옛일처럼 느껴진다. 한숨을 푹 쉬었다. 문득 소희 언니한테 상의하고 싶은 생각이 들어 고개를 들었다. 그런데 언니도 문자 중이었다.

"왜?"

언니는 내 시선을 느꼈는지 계속 문자를 하면서 물었다.

"나는 좀 사교성이 없는 거 같아요."

"알아."

"왜 그럴까요?"

나는 중얼거렸다.

"다른 사람한테 관심이 없어서 그런 거겠지."

"그런 건 아닌데."

언니는 문자를 다 했는지 핸드폰을 테이블 위에 두었다.

"그게 아니면 너 자신한테 관심이 없던가."

그런 생각은 해 보지 않았다.

"용기가 없어서 그런 건 아니고요?"

"용기 낼 일이 없었겠지. 절박하지 않으니까."

나는 가만히 있었다. 생각해 봐야 할 문제였다.

"절박한 사람은 소리치게 돼 있어. 너는 안 절박해. 그러니까 입을 꾹 다물고 있는 거고."

정말 술 냄새에도 취할 수 있는 걸까?

"그렇지 않아요."

용기를 냈다.

"나는 그냥 내가 어떻게 해야 되는지 잘 모르는 것뿐이라고요."

괜히 눈물이 났다.

"뭘 몰라?"

허스키한 목소리. 정운이다.

"말해 봐. 내가 보기에는 모르는 게 아주 많은 것 같지만 하나만 말해 봐."

옆에 앉더니 큰 손으로 얼굴을 괴고 나를 바라본다. 느닷없이 딸꾹질이 났다.

"또 시작이다."

정운이는 실망이 큰 얼굴을 하고 자세를 고쳐 앉았다. 소희 언니는 나와 정운이를 번갈아 보더니 킥킥거렸다.

"왜 누나?"

정운이가 물었다.

"시은이 딸꾹질의 비밀 알아 버렸다."

언니는 과장되게 몸을 흔들며 웃어 댔다. 그러더니 내 앞으로 몸을 기울이며 말했다.

"네 말이 맞을지도 모르겠다."

"네?"

"어떻게 할지 모를 때는 정직해지는 게 최고야."

언니는 가방을 뒤적이더니 일어섰다.

"난 간다."

"저두요."

나는 벌떡 일어섰다.

"더 놀다 가."

언니는 의미심장하게 웃었다.

"아, 아니에요."

나는 가방을 어깨에 멨다. 그리고 언니를 따라나섰다. 정운이도 뒤따라왔다.

밖으로 나오자마자 언니는 뒤도 안 돌아보고 멀어져 갔다. 나는 하는 수 없이 정운이와 함께 나란히 걸었다. 순간 연인이 된 듯한 착각에 빠졌다. 정신을 차리려고 머리를 때렸다.

"무슨 짓이야?"

"아, 아냐."

고개를 푹 수그렸다. 정운이는 가려는가 보았다. 걸음을 늦추더니 정류장 쪽으로 몸을 돌린다.

"참, 아까 얼마 썼어?"

이제라도 생각이 난 게 다행이었다.

"몰라."

정운이는 시큰둥하게 대답했다.

"같이 내기로 한 거니까 말해. 내가 반 줄게."

나는 주급 봉투를 열었다.

"됐어. 이 천박한 자본주의."

"뭐라고?"

"안 줘도 된다고. 나는 사장한테 받아 낼 거니까."

"안 줄 텐데……."

"상관없어. 나를 위해서 하는 일이니까."

정운이는 뭔가 골똘히 생각하는 얼굴이었다. 가로등 불빛이 순간적으로 그의 얼굴을 환하게 비추었다.

"자존감을 위한 일이지."

정운이는 중얼거리듯 말하고는 정류장 쪽으로 시선을 주었다. 버스 한 대가 막 들어오고 있는 참이었다.

"간다."

정운이는 뛰기 시작했다. 그러고는 막 출발하려는 차를 긴 다리로 따라잡아 올라탔다. 혹시라도 고개를 돌릴까 싶어서 차가 사라질 때까지 서 있었지만 뒷모습만 보여 줄 뿐이었다.

집까지 걷기로 했다. 천천히 걸어도 땀방울은 금세 목덜미를 적셨다. 엄마 옷을 보아 둔 가게에 들어가 셔츠를 샀다. 그리고 편의점에 들어갔다. 와인은 생각했던 것보다 쌌다. 아빠한테 미안한 생각이 들어서 몸에 좋다는 초콜릿도 한 통 샀다. 21,000원이 남았다. 그래도 참 오랜만에 가져 보는 큰돈이다. 티셔츠는 포기하기로 하고 주희에게 늦은 답신을 보냈다.

나도 그래. 둘보다 셋이 훨씬 좋아.

다시 걷기 시작했다. 처음으로 벌어 본 돈이다. 나를 위해 쓰고 싶다는 생각이 들지 않는 것도 아니다. 하지만 혹시라도 혜연이를 만나게 될지 모르니까 다음 주급을 받기 전까지는 아끼는 게 좋을 것 같았다.

마트에 들어갔다. 초코 우유는 정말 많았다. 나는 여섯 종류나 되는 초코 우유 중에 가장 양이 많은 것을 골랐다. 값을 치르고 밖으로 나왔다. 정운이와 똑같지는 않더라도 그 비슷한 보람, 서러움을 느끼며 초코 우유를 마셨다. 냉장고에서 방금 꺼낸 초코 우유는 정말 맛있었다. 땀이 쏙 들어갈 만큼이나.

12

부모님의 선물을 식탁 위에 놓고 내 방으로 들어왔다. 어떤 반응을 보이실까? 부모님에 대한 거라면 무조건 기대를 크게 하지 않는 게 좋다. 그게 실망도 적은 법이니까.

잠이 들었던 모양이다. 나는 꿈속에서도 이리저리 뛰어다니며 부탄가스를 새것으로 바꾸고 냄비를 옮기고 있었다. 손님들이 내게 소리쳤다. 나는 무슨 말인지 알아들으려고 애를 썼다. 알 수 없는 소리들은 익숙한 목소리로 바뀌었다. 부모님이 오신 모양이었다. 선물을 보고 기쁨의 비명이라도 지르는 걸까? 잠이 덜 깬 나는 그런 생각을 했다. 힘겹게 눈을 떴다. 목소리가 점점 더 또렷해졌다.

"어떻게 한다는 거야?"

"정말 방법이 없는 거야?"

나는 눈곱을 떼며 마루로 나왔다. 부모님이 식탁에 마주 앉아 내가 산 와인을 나눠 마시고 있다. 나도 모르게 얼굴에 웃음이 번졌다. 셔츠는 아직 포장도 뜯지 않았다. 혹시 내가 보는 앞에서 갈아입으려고 미루고 있는 걸까?

엄마 아빠는 그제야 내 존재를 눈치챘는지 서서히 얼굴을 돌렸다.

무슨 말을 하실까?

고맙다고 하면 그냥 별것 아니라는 듯 웃고 말아야지, 문득 그런 멋진 생각이 들었다.

"깼니?"

나는 고개를 끄덕였다.

"들어가서 다시 자. 아직 오밤중이니까."

"그래, 어서 자거라."

부모님은 다시 얼굴을 맞대더니 이야기를 시작했다.

"현명하게 생각해야 돼."

"이미 다 끝난 일인데 해결을 해야지, 언제까지 생각만 해?"

"엄마."

나는 조그맣게 불렀다.

"당장 무슨 일이야 생기겠어?"

"속이 왜 그렇게 편해?"

"제발 생각할 시간 좀 갖자."

"아빠."

나는 다시 조그맣게 불렀다. 너무나 익숙한 풍경이다. 삼 초 후면 나는 방으로 들어가 침대에 엎드려 눈물을 짤 것이다. 아무리 불러도 대답 없는 엄마 아빠를 원망하며 버림 받았다는 기분에 사로잡혀 어두운 밤을 뒤척일 것이다. 유년 시절의 내가 말한다. 두렵다고. 빨리 방으로 들어가자고. 엄마 아빠한테 혼이 나기 전에 빨리 들어가 이불을 뒤집어쓰자고. 아무 말도 하지 말고 그냥 가만히 있자고. 엄마 기분이 풀릴 때까지 기다리자고.

"싫어!"

나는 소리를 꽥 질렀다. 부모님은 고개를 돌리고 어이없는 눈으로 쳐다봤다.

"너 지금 뭐랬니?"

속이 시원하다. 유년 시절의 나는 자라 청소년이 되었다. 그것도 노동하는 청소년.

"저예요."

"얘가 잠이 덜 깼나, 자꾸 뭐래는 거야?"

애정을 구걸하는 건 싫다.

"오늘 주급 탔어요."

내가 구걸하기 전에 줬으면 좋겠다.

"그래서 와인이랑 엄마 셔츠 산 거예요. 아, 초콜릿도."

그게 부모님 아닌가?

"아, 미안하구나."

아빠가 머뭇거리며 말했다.

"우리가 중요한 이야기를 하느라고. 와인 맛있다. 고맙다."

엄마는 서둘러 선물 포장을 벗기기 시작했다.

"기집애, 요즘 기특해."

엎드려 절받기지만, 적어도 방으로 들어가 질질 짜지는 않을 것 같다.

"눈썰미도 있고."

"끝이야?"

나는 엄마를 보며 물었다.

"뭐가?"

"안 입어 봐?"

"충분히 고마워하고 있으니까 그만해. 피곤해 죽겠단 말이야."

"그래, 시은아. 들어가서 자라."

부모님은 힘들어 보이기는 했다.

"네, 안녕히 주무세요."

인사를 하고 방으로 들어왔다.

부모님이 기뻐하는 모습을 보는 것. 그것이 힘든 노동을 한 나에게 주고 싶은 가장 큰 선물이었던 것 같다. 서운한 마음이 가시지 않은 채 침대에 누웠다. 그래도 나를 보아 달라고 소리쳐 부른 용기가 유년 시절의 내게 큰 선물이 되었으니 그것으로 위로가 되었다.

13

저스트 어 모멘트.

일을 하지 않았다면 아무런 느낌이 없는 간판이었을 것이다. 스쳐 지나가다 우연히 보았더라도 한글로 쓰인 글씨에 그저 웃고 말았을 테지. 기한을 정해 놓고 발을 들여놓은 곳이지만 저스트 어 모멘트는 지금 나에게 '저스트 어 모멘트'가 아니다. 소희 언니가 있고 수빈이가 있고 지배인 오빠가 있는 곳. 그리고 정운이를 만난 곳이니까.

문을 열고 들어갔다. 이제는 된장 냄새도 친근하다.

"어서 와라."

사장님이 얼굴에 웃음을 띠며 인사를 했다.

"주급은 받았지?"

고개를 끄덕였다.

"그만 한 돈 주는 데 이 동네에 별로 없다."

사장님은 자애로운 얼굴을 지어 보였다.

그 말이 얼토당토않은 소리가 아니라는 건 안다. 인터넷을 검색해 보니 시급 3,500원도 못 받고 일하는 아이들도 많았으니까. 거기다가 패스트푸드점에서는 손님이 없을 때 강제로 쉬게 하고 시급을 주지 않는 '꺾기'를 했고 수빈이 말대로 식사는 매일 똑같은 햄버거였다. 그것도 제일 값이 싼 주니어용. 편의점 식대는 1,000원. 컵라면을 사고 나면 단무지 살 돈이 모자라는 1,000원. 나는 매일 똑같기는 하지만 5,000원이나 하는 된장찌개를 먹을 수 있으니까 다행이라고 생각해야 할까?

막 앞치마를 메는데 정운이가 들어왔다. 안도의 한숨이 절로 난다. 어제 정운이를 보내 놓고 이런저런 생각을 많이 했다. 혹시 안 나오면 어쩌나, 그러면 이제 얼굴을 못 보는데……. 그렇게 나는 내 생각만 하며 핸드폰 번호를 물어보지 않은 걸 후회하고 있었다. 그런데 얼굴이 밝지가 않다. 시급이 문제가 아니다. 쉬는 시간이 얼마고 밥은 어떤 걸 먹는지가 중요한 게 아니다. 나는 밝게 웃는 정운이 얼굴이 보고 싶고, 수빈이와 소희 언니가 일을 하면서 즐거워하는 걸 보고 싶다. 그리고 사장님에게도 친절하게 대하고 싶은 것이다.

불가능한 일일까?

정운이는 손을 흔들며 내게 인사를 하고는 카운터로 갔다.

"시급 말인데요."

정말 이야기를 하려나 보았다.

"최저 임금이 아니던데요."

사장님은 너털웃음을 지었다. 기가 막히다는 표정도 보여 주었다.

"너 최저 임금이 얼마인 줄이나 알고 그러니?"

"4,110원이요. 모르셨어요?"

사장님은 요놈 봐라, 하는 얼굴이다.

"그렇게 주는 데가 어디 있어?"

"주세요. 최저 임금."

그때 소희 언니가 들어왔고, 뒤따라 수빈이가 들어왔다.

"일 끝나고 얘기하자. 일단 장사 준비해!"

사장님은 단호하게 말했다.

"좋습니다."

정운이도 목소리에 힘을 주었다.

우리는 청소를 시작했다. 시간은 늘 빠듯하다. 점심 장사 할 때는 밥 먹을 때만 기다리고 오후 장사 때는 퇴근만 기다린다. 정운이는 평소와 다름없이 일을 했고, 소희 언니는 홀을 둘러

보며 서 있다가 바쁠 때만 민첩하게 움직였다. 열두 시 반이 되자 사장님은 어김없이 빠른 음악으로 바꾸었다. 사장님만의 노하우라고 한다. 손님들을 자리에서 빨리 일어서게 하는.

 손님들이 일어서기 시작했다. 행주를 들고 테이블로 갔다. 밥공기와 반찬 그릇, 숟가락, 젓가락을 모두 냄비에 넣고 가스레인지에 말라붙은 된장 국물하고 김치 국물도 박박 닦았다. 냄비를 들고 나서는 주위를 살펴보아야 한다. 손님하고 부딪치면 안 되니까.

 주방으로 설거지 그릇을 밀어 놓고 돌아서는데 수빈이가 내가 치운 테이블을 행주로 닦고 있다. 나는 다른 테이블로 가서 치우기 시작했다. 찌개에 넣은 라면을 하나도 건져 먹지 않았는지 퉁퉁 불어 있다. 이렇게 되면 두 번 일을 해야 한다. 그릇을 냄비에 넣으면 라면에서 나온 기름이 배어서 설거지 하기가 힘들고 국물이 넘칠 수도 있기 때문이다. 냄비를 먼저 옮기고 쟁반을 가져가서 그릇을 따로 담아 날랐다. 그리고 돌아서는데 또 수빈이가 내가 치운 테이블에서 행주질을 하고 있다. 그런 일은 계속 반복되었다. 가만히 보니 수빈이는 쉬운 일만 골라 하고 있었다. 게다가 손님은 계속 들어오고 일은 점점 바빠지는데 멍하니 서 있는 시간도 많았다.

 처음에는 화가 났다. 힘 안 드는 사람이 누가 있을까? 저렇게 꾀를 부리면 다른 사람들이 더 힘들다. 몸만 힘든 게 아니라 마음도 힘들다. 그러다가 생각이 바뀌었다. 혹시 어디 아픈 데가 있는 게 아닐까? 열한 시간 근무가 만만하지는 않을 것이다. 나는 수빈이한테 다가가 살짝 물었다.

"괜찮니?"

"뭐가?"

"몸이 안 좋은가 해서."

순간 수빈이 얼굴색이 변했다. 내가 잘못 물어본 걸까?

"알았어, 알았다고. 일하면 될 거 아니야?"

수빈이는 벌컥 짜증을 냈다. 아, 그런 게 아닌데. 나는 아니라는 소리도 못 했다. 정운이는 말 한 번 하지 않고 뭔가 심각하게 생각하는 얼굴로 묵묵히 일만 하고 수빈이는 삐친 얼굴로 내 옆을 휙휙 지나가고 손님이 들어오든 말든 소희 언니는 뒷짐만 지고 서 있다. 사장님은 우리를 감시하듯 내려다보고 있고 에어컨은 너무 세게 돌아가고 된장찌개는 맹렬하게 끓고 있고 노동에 지친 몸은 쉬고 싶다고 아우성이다. 하! 소리가 절로 나는 상황이다.

손님이 좀 뜸해지자 수빈이 화장실에 가는지 뒷문으로 나갔다. 어찌할까 망설였다. 두 명이 한꺼번에 화장실에 가면 안 된다. 눈치만 보다가 결국 포기했다. 수빈이가 테이블 치우러 갈

때를 기다려 나도 행주를 들고 뒤를 따랐다. 두 명이서 한 테이블을 치우는 것도 안 된다. 하지만 마음이 불편해서 어쩔 수 없었다.

"수빈아, 미안해. 그런 뜻이 아니었어. 나는 정말 걱정돼서."

나는 부지런히 테이블을 치우면서 말했다.

"꺼져."

나는 내 귀를 의심했다.

"알았으니까 꺼지라고."

나는 조용히 꺼졌다. 수빈이 눈에 눈물이 맺혀 있었다.

소희 언니가 눈짓으로 물었다. 고개를 가로저었다. 무슨 일이 있는 걸까? 가늠도 할 수 없다. 나는 수빈이에 대해서 아는 게 없으니까. 순간 피식, 웃음이 났다. 미안하다니……. 혜연이한테는 그렇게 안 나오던 말이 어쩌면 그렇게 자연스럽게 나왔을까? 순간 상호가 떠올랐다. 혜연이를 대신해 상호를 불러 달라고 말한 것도 나였고, 교문 앞에서 그를 기다린 것도 나였다. 교문 앞에서……, 그날은 상호의 생일이었다. 혜연이는 감기에 걸린 초췌한 모습을 보이기 싫다고 대신 선물을 전해 달라고 했다. 친구와 함께 교문을 나오는 상호한테 다가가는 게 힘이 들어 핸드폰으로 전화를 걸었다. 다행히 상호는 친구에게 기다리라고 한 뒤 혼자 내게 왔다. "넌 김혜연 심부름꾼이니?" 그 말을 하던 상호의 눈빛은 지워 버렸다. 그런데 목소리는 지우지 못했나 보다. 오랫동안 잊었던 기억이 들추어졌다.

혜연이를 핑계 삼아 상호를 보는 것까지 즐기지 않았다고는 말할 수 없다. 하지만 혜연이가 상호 때문에 웃고 울고 할 때 항상 옆에 있던 건 나다. 상호를 좋아했던 나. 아무리 말을 안 했다고 혜연이는 그걸 눈치채지 못했을까? 내가 혜연이한테 서운한 건 그거였다.

점심 장사가 끝나면 음악을 끈다. 가게 안은 일하는 소리만 들린다. 나는 부탄가스가 얼마나 남았는지 확인하면서 가스레인지를 구석에 차곡차곡 쌓아 올렸다. 주방 아줌마들이 삶은 숟가락과 젓가락을 내왔다. 저건 소희 언니 몫이다. 언니는 마른 수건을 펴고 젓가락을 와르르 쏟은 뒤 수건 끝을 잡아 올려 비비면서 말린다. 언젠가 나도 해 봤는데 보기보다는 어려웠다. 숟가락은 일일이 닦아야 한다. 정운이는 냅킨을 채우고 있다.

"수빈이, 젊은 애가 아침부터 왜 이렇게 빌빌거려?"

사장님의 목소리가 들린다. 수빈이 대답이 없어서 쳐다보니 고개를 푹 수그리고 있다.

"열심히 해라."

사장님은 그 소리를 하면서 카운터에서 돈뭉치를 꺼내 커다란 지갑으로 옮기고는 우리를 한 번 휙 훑어봤다. 나는 못 본 척하면서 계속 일을 했다. 사장님은 바쁜 일이 있는지 인사도 없이 그냥 가려는 것 같았다. 슬쩍 정운이를 봤다. 테이블 줄을 맞추고 있다.

휴, 하는 한숨이 절로 나왔다. 습관처럼, 불편한 순간을 어서 빨리 모면하고 싶었던 것이다. 하지만 이내 가슴이 내려앉았다.

"사장님!"

정운이였다.

정운이는 지금 내 삶에 물음표를 던지고 있는 중이다.

14

 수빈이는 계속 우울해 있고 소희 언니는 그런 수빈이를 힐끔거리고 나는 찌개가 끓기만을 기다리고 있다. 주방 아줌마들이 에구구구, 소리를 내며 자리에 앉는다. 이내 지배인 오빠도 들어왔다. 우리는 눈으로만 인사를 했다.
 "이젠 아는 척도 안 하냐?"
 오빠가 서운해했다. 소희 언니는 구석진 테이블에 마주 앉아 있는 사장님과 정운이를 눈으로 가리켰다. 오빠는 놀라는 눈으로 입을 떡, 벌리더니 알 수 없는 웃음을 띠우며 말했다.
 "저놈 보통 놈 아니야."
 "왜 그래?"
 아줌마들이 물었다.

"시급 인상해 달라고 저러는 거야."

소희 언니가 낮게 말했다.

"말로 되면."

"말로 되면 얼마나 좋겠냐."

아줌마들이 말했다. 우리는 평소와는 다르게 말없이 수저질을 했다. 나는 사장님하고 정운이가 무슨 이야기를 하는지 궁금해서 소리 안 나게 밥을 먹는 중이었다. 혹시라도 무슨 소리를 들을 수 있을까 싶어 귀를 반짝 세웠다. 그런데 나만 그런 게 아닌가 보았다. 가장 먼저 동이 나는 깍두기에 아무도 손을 대지 않고 있다. 깍두기는 먹는 소리가 크니까 아예 입에 넣지를 않는 것 같았다.

갑갑했는지 아줌마들이 입을 열었다.

"학생이라 좋겠어. 하고 싶은 얘기 다 하고. 우리야 어째 그럴 수가 있어?"

"못하지, 못해. 돈 들어갈 데가 천지인데. 애들은 뭐 사 달라, 뭐 먹고 싶다, 눈만 뜨면 돈타령이지. 귓방망이를 한 대 올려 쳤다가도 그냥 마음이 짠해서. 부모 잘 만났으면 애들이 거지새끼 모양 그럴까 싶어서 마음도 안 좋고."

"우리야 그냥 써 주면 고맙지. 기술도 없고 있는 건 몸뚱이 하난데."

아줌마들이 신세타령을 시작하면 지겹다면서 소리를 지르곤 하던 소희 언니였는데 오늘은 아무 말이 없다. 그때였다.

"주세요!"

"못 준다!"

우리는 기다렸다는 듯이 일제히 고개를 돌렸다.

"달라니까!"

"이게 어디서 반말이야!"

사장님이 정운이를 향해 팔을 번쩍 치켜들고 있다. 두툼한 손바닥이 정운이 얼굴을 향한다. 아, 가장 안 좋은 상황이다. 고개를 돌리고 싶었지만 그 끝을 내 눈으로 확인하고 싶은 생각에 마음을 다잡았다. 다른 사람이 아니라 정운이다. 정운이라면 드라마에서 보여 주던 그 흔한 장면을 뒤집어엎을 수 있다.

"하!"

그 소리가 저절로 났다. 지배인 오빠가 웃음을 참는 소리가 들렸다.

"저걸 어째, 저걸 어째."

아줌마들이 중얼거렸다.

"대단한 놈이야."

소희 언니는 감탄을 했다.

사장님은 정운이한테 팔목이 잡혀 버린 거다. 급한 김에 왼손을 들었다가 그 마저도 잡혔다. 나는 테이블 밑으로 손을 내려 소리 안 나는 박수를 쳤다. 둘이 그러고서 한참을 있더니 팔을 풀었다. 그 상태로 무슨 이야기가 오고 간 모양이었다.

정운이는 아무 일도 없었다는 듯이 우리에게 왔다.

"배고파."

자리에 앉았다. 사장님은 "허, 참. 내, 참." 하면서 혀를 차더니 카운터로 들어갔다. 정운이는 그러거나 말거나 밥을 먹기 시작했다. 우리도 따라 먹었다.

"사장님 왜 퇴근 안 해. 노래방 문 열어야 되는데."

오빠가 낮게 중얼거렸다. 나는 슬쩍 고개를 들다가 사장님의 이글거리는 눈동자를 보았다. 정운이가 등을 돌리고 앉아 있어서 다행이었다. 정운이는 내 얼굴을 보고 씩, 웃어 주기까지 했다. 대체 그런 용기가 어디서 난 걸까? 무섭지 않았을까? 나는 밥이 어디로 들어가는지도 모르면서 수저질만 하고 있었다.

"야!"

사장님이 소리쳤다.

"너 최정운이, 너 이 새끼. 못 일어나!"

그러면 그렇지. 용케 참는다 생각했다.

"너 밥 먹지 마. 너 돈 줄 테니까 빨리 꺼져!"

나는 고개를 돌리고 말았다. 가슴이 심하게 뛰고 어깨가 자꾸 움츠러들었다. 먹은 게 올라왔다. 자리를 피할 수도 없고 해서 냅킨에 토한 것을 쌌다.

정운이는 수저를 놓고 사장님을 노려보고 있다.

"자."

사장님은 정운이 얼굴에 봉투를 던졌다. 정운이는 머리 위에서 봉투를 잡더니 열었다.

"하!"

그 소리를 한 건 정운이었다. 나한테 옮았나 보았다.

"최저 임금이 또 아니네요. 이런 건 필요 없어. 한번 해봅시다."

정운이는 그 말을 하고 벌떡 일어서더니 사장님이 그랬던 것처럼 봉투를 날렸다. 그러고는 저스트 어 모멘트를 나갔다.

"뭐 저런 자식이 있대요?"

사장님은 아줌마들에게 동의를 구하는 눈빛으로 테이블에 와서 앉았다.

"아유, 그러게요. 애가 어쩌면 저렇게 싸가지가 없대."

"아버지뻘한테 그러면 안 되죠."

"좀 호통을 치지 그러셨어요. 하긴, 저런 애들은 부모 말도 안 들을 텐데 누구 말을 듣겠어요."

"사장님이 애쓰시네. 식사도 못하시고."

아줌마들이 적극적으로 아부를 하는 동안 우리는 슬금슬금 자리에서 일어났다. 지배인 오빠는 카운터로 가고 수빈이와 나는 사장님 눈을 피해 주방으로 들어갔다.

"소희, 너는 어떻게 생각하냐?"

"아, 몰라요!"

언니답게 신경질적으로 대꾸하는 소리가 들렸다.

수빈이와 나는 구석에 놓인 동그란 받침을 끌어다가 앉았다. 우리 집 화장실에 있는 것과 비슷한 것이었다.

"정운이 되게 멋있지?"

수빈이는 얼굴이 발그레해서 물었다. 나는 고개를 끄덕였다.

"저런 애가 내 남자 친구라면 얼마나 좋을까?"

수빈이는 잠시 아무 말이 없더니 뜬금없이 물었다.

"너 학교 다니지?"

"……"

"나는 안 다녀. 집 나왔어. 아빠가 자꾸 때려서."

수빈이는 무릎을 세워 얼굴을 받혔다. 나는 어찌해야 좋을 지 몰라서 가만히 있었다.

"소희 언니는 알고 있어. 내가 다 말했거든."

수빈이는 울고 있는가 보았다.

"돈 벌어야 검정고시 학원에 다닐 수 있어. 대학은 가고 싶거든."

나는 주방에 있는 냅킨을 뽑아 내밀었다.

"아까 화내서 미안해. 내가 감정 기복이 좀 심해. 우울증이 있나 봐. 그러려니 해."

"아니야."

나는 머리를 만지다가 수빈이가 준 머리끈을 하고 있는 걸 알았다.

"나도 너 머리끈 사 줘야 하는데."

미안해서 말이 나왔다.

"그런 거 싫어. 주고받는 거. 그냥 됐어. 머리나 묶어 주든가."

나는 손가락으로 수빈이 머리를 빗기기 시작했다.

"따 줄까?"

"촌스러."

"그렇지?"

우리는 어느새 웃고 있었다.

"아기들아, 그만 나가라."

아줌마들이 주방으로 들어오며 말했다.

"사장님은요?"

"갔다, 갔어."

"뿔따구니 잔뜩 나서 가 버렸다."

우리는 홀로 나왔다. 사장님이 없으니 숨통이 트이는 것 같았다. 정운이가 없으니 가슴 한구석이 뻥 뚫린 것 같았다.

"혹시 정운이 핸드폰 번호 알아요?"

소희 언니한테 물었다.

"걔 핸드폰 없어."

한숨이 나왔다.

"속 시원하다."

소희 언니는 킬킬대고 웃으며 지배인 오빠한테 한소리를 했다.

"너도 좀 배워라, 배워."

오빠 얼굴도 환했다.

종소리가 들릴 때마다 한 가닥 희망으로 문을 바라보았지만 정운이는 들어오지 않았다. 정운이한테 저스트 어 모멘트는 정말 '저스트 어 모멘트' 일 뿐이었나?

집으로 돌아오는 길에 편의점에 들러 초코 우유를 샀다. 불도 안 켜진 가로등 아래에서 우유를 마셨다. 정운이는 강한 인상을 남기고 사라져 버렸다. 예전처럼, 내 짝사랑은 아무도 모르는 채 나만 아는 기억 속으로 묻혀 버렸다. 인정하고 싶지 않다. 핸드폰도 없다니 화가 난다. 고개를 젖혀 마지막 한 방울의 우유까지 쪽 따라 마시고 다시 걷기 시작했다. 땀방울이 목덜미를 타고 흘러내린다.

최저 임금제. 정운이한테 최저 임금제는 왜 그렇게 중요했을까?

"자존감을 위한 일이지."

가로등 밑에서 정운이 중얼거리듯 했던 말이 떠오른다.

다시 길을 걸었다. 가게들이 다닥다닥 붙어 있다. 패스트푸드점, 옷 가게, 분식점, 편의점, 게임방. 고개를 돌려 가게 안을 들여다보았다. 다시 패스트푸드점, 비디오 가게, 옷 가게, 식당. 많은 청소년이 그곳에서 일하고 있다. 일이 능숙하지 않아도 된다. 경험이 없어도 된다. 사장들은 까다롭게 굴지 않고 우리를 고용한다. 돈을 많이 주지 않아도 되니까. 막 부려도 되니까. 만만하니까.

집으로 돌아오니 엄마가 있었다.

"왔니? 밥 먹자."

웬일로 일찍 들어오셨을까? 간만에 엄마가 차려 주는 밥을 먹으니 그렇게 좋을 수가 없다.

"일은 할 만하니?"

"응."

"옷 좋더라."

나는 히죽 웃었다.

"좋은 날 입으려고 넣어 뒀어."

나는 엄마가 셔츠 입은 모습을 상상하는 것으로 만족했다.

"네 반 애들 비상 연락망……."

그 소리에 수저질을 멈추었다.

"안 주길 잘했다. 너까지 망신당할 뻔했어."

무슨 소리일까?

"엄마 아빠 다니는 보험 회사 앞으로 어떻게 될지 모르거든. 뉴스 못 봤니?"

나는 고개를 가로저었다.

"간부들이 고객들이 낸 돈으로 주식을 해서 다 날렸어."

"그럼 이제 어떻게 되는 거야?"

"아빠는 계속 다닌다고 하는데, 엄마는 다른 일 알아보려고. 정말 식당 같은 데 나가야 할지도 모르겠다. 먹고 살아야 하는데 체면이고 뭐고……."

엄마는 거기까지 말하고는 설움이 북받치는지 수저를 놓고 일어섰다. 아직 반도 안 먹었는데, 배고플 텐데…….

"엄마, 마저 먹어!"

아무 소리도 들리지 않는다. 나도 수저를 놓았다. 그러고 가만히 앉아 있는데 엄마가 방에서 나왔다. 내가 사 준 보랏빛 셔츠를 입고 있다.

"일 좀 있나 알아보고 올게. 너라도 많이 먹어라. 아르바이트…… 계속해야 할지도 몰라. 참, 집도 내놨다."

엄마는 신발을 골라 신더니 밖으로 나갔다.

좋은 날 입는다더니 고작 일자리 구하러 가면서 입냐. 먹다 남은 밥을 따로 모아 두고 상을 치웠다.

우리 집은 단 한 번도 부자였던 적이 없다. 부모님은 돈을 벌기 위해 늘 바빴지만 돈 때문에 늘 아등바등했다. 언제까지 돈을 쫓고 살아야 하는 걸까?

그런데 이 모든 게 다 돈 때문일까?

돈이 없어서 불행한 거라면 돈이 생기면 행복해질 수 있는 걸까?

15

어제의 '저스트 어 모멘트'와 오늘의 '저스트 어 모멘트'는 다르다. 나는 무거운 발걸음으로 버스에서 내렸다. 정운이 생각이 머릿속에서 떠나지를 않는다. 햇살은 다른 날보다 뜨겁다. 몇 걸음을 걸었는데도 땀방울이 맺혔다.

그런데 가게 앞에 정운이가 서 있었다. 나는 환영을 보는 거라고 생각했다. 내가 그렇게 많이 좋아했나 싶어서 허탈한 웃음이 다 났다.

"뭐냐? 그 얼굴은?"

정말 정운이다.

사장님 앞에서 돈이 든 봉투를 멋지게 날리고 돌아서더니 어찌 된 일일까? 사과를 하러 온 걸까? 받아 주지 않을 텐데…….

그래도 또 모른다. 정운이 워낙 일을 잘하니까. 하얀 티셔츠에 베이지 면바지를 입은 정운이 모습은 산뜻해 보였다.

"나를 보니까 그렇게 좋아?"

정운이는 콧잔등에 주름을 잡으며 웃는다.

"다시 일하는 거야?"

어쩌면 사장님하고 벌써 말이 끝났는지도 모른다. 나는 바보 같은 기대를 하며 물었다.

"이제부터 정말 멋진 일을 하는 거지."

정운이는 그 말을 하고 손에 든 것을 보여 주었다. 피켓이었다. 나는 소리 내어 읽었다.

"저스트 어 모멘트는 청소년에게 최저 임금을 보상하라."

"여기서 시위할 거야."

정운이는 맑은 얼굴로 말했다.

"내 정당한 권리를 주장하는 거지."

나는 할 말을 잃었다. 그때 소희 언니와 수빈이도 왔다. 모두들 눈이 동그래졌다.

"네가 일을 치긴 크게 칠 놈이다."

소희 언니는 킬킬댔다.

"사장이 가만히 있지 않을 텐데."

수빈이는 걱정스러운 얼굴을 했다.

열한 시가 다 되어서 우리는 가게로 들어갔다. 소희 언니는 정운이한테 파이팅을 외쳤다. 나는 발이 떨어지지 않는 걸 억지로 옮겼다.

"일찍 일찍 다녀라."

사장님은 인사처럼 그 소리를 했다.

"소희는 웬일로 기분이 좋아 보이냐?"

사장님은 희한하다는 얼굴이다. 언니는 다른 때와 달리 핀잔하는 말을 하지 않고 청소 준비를 했다. 나는 불안한 마음을 어쩌지를 못했다. 최저 임금은 국가에서 정한 법이다. 정운이는 지금 법을 지키라는 시위를 하려고 한다. 그런데도 나는 바짝 신경이 곤두섰다.

약한 사람을 보호하기 위해 만든 것이 법이지만 현실은 그렇지 않다. 아빠는 법 때문에 학원 문을 닫아야 했지만 아빠가 강한 사람은 아니었다. 학원 문을 닫는 게 어떤 사람들을 보호하는 일이었는지도 모르겠다. 파파라치도 정의를 위해서 그런 일을 했다고 볼 수 없다. 법은 어쩌면 돈을, 더 큰돈을 불리려고 돌아가는지도 모른다. 커다란 대형 학원은 살아남고, 고액 과외하는 사람도 살아남고, 가끔 대기업 사장들이 구속되기도 하지만 곧 풀려나곤 하니까. 소희 언니 말처럼 노동부도 우리 청소년을 보호해 주지 않는데 정운이는 무슨 배짱일까?

"정운이 경찰서 가면 어떻게 해?"

청소를 하는 척하면서 수빈이가 말했다. 거기까지는 생각해 보지 않았다.

"텔레비전에서 보면 데모하면 막 잡아가잖아."

정운이가 경찰서에 끌려간다면 정말 말도 안 되는 거다. 만약 그렇게 되면 나는 어떻게 하지? 내가 지금 무슨 생각을 하는 거야?

"하!"

"하!"

수빈이도 나를 따라했다. 웃음이 났다. 긴장이 좀 풀리는 것 같았다.

청소를 끝내고 테이블 세팅을 했다.

열두 시가 넘어서자 손님들이 문을 열고 들어오기 시작했다. 나는 고개를 빼고 기웃거렸다. 정운이가 아직도 있는지 궁금해서 견딜 수가 없었다.

"어서 오십시오!"

사장님은 기분 좋게 인사를 했다. 손님들은 다른 때처럼 자리에 앉는데 급급해하지 않고 사장님 얼굴을 꼭 봤다. 우리는 일을 하면서 사장님을 힐끔거렸다.

주문을 받으려고 서 있는데 손님 하나가 묻는다.

"학생, 학생이지?"

"네."

"얼마를 받는 거야? 여기 시급?"

"3,500원이요."

옆에 있던 수빈이가 덧붙였다.

"밥 먹는 시간에도 일하는데 시급 안 줘요."

"정말 너무하는구만."

손님들이 돌아가면서 한 소리씩 했다.

"아유, 우리가 애들 착취하는 이런 식당에서 밥을 먹어야 하는 거야?"

"니들이 고생이 많다. 고생이 많아."

주문 내용을 말하러 카운터로 가는데 손님 하나가 사장님과 이야기를 나누고 있다.

"이 동네는 다 그래요. 저야 올려 주고 싶지요. 그런데 저만 올려 주면 다른 식당에서 압력이 들어오니까 어쩔 수 없어요. 대신 저는 아이들을 자식처럼 생각하지요. 무슨 날이면 보너스도 주고 그래요."

"뻥치고 있네."

소희 언니가 지나가면서 욕하는 소리가 들렸다.

"근데 무슨 일로 그런 걸 물어보시는지?"

"가게 앞에서 남자애가 시위하고 있어요. 모르셨어요?"

손님은 손가락으로 밖을 가리켰다. 사장님은 부리나케 밖으로 나갔다. 고자질을 한 손님도 따라 나갔고 소희 언니도 쟁반을 소리 나게 던지고는 밖으로 나갔다. 나도 나가고 싶었다.

"여기요, 여기 육수!"

"깍두기 더 주세요."

"학생, 여기 라면!"

나는 멀뚱하니 서서 마음만 우왕좌왕하고는 장부에 '테이블 15, 4인 라 2'라고 적고 일을 계속했다. 밖에서는 무슨 일이 벌어지고 있을까? 수빈이와 눈이 마주쳤다. 하지만 곧 우리는 제 할 일을 했다. 소희 언니가 없는 홀은 금세 혼란스러워졌다.

잠시 후 소희 언니가 들어왔다. 언니는 재빠르게 홀을 수습했다.

"어떻게 됐어요?"

"아직 몰라. 사장이 소리쳐서 들어왔어. 사람들이 구경하고 있으니까 막대하지는 못할 거야."

언니는 싱글거리며 말해 주었다. 그러더니 의미심장한 얼굴로 말했다.

"우리도 합세할까?"

순간 부모님 얼굴이 스쳐 지나갔다. 아르바이트를 계속해야 한댔는데…… 여기를 나가면 다른 데를 구해야 하나? 사장님은 다른 데 시급도 마찬가지라고 했다. 이젠 방학도 중순에 접어들어서 일자리도 없을 것이다.

"토끼 얼굴 변하는 거 봐라."

언니는 혀를 찼다. 아, 나도 정운이 걱정을 하지 않는 건 아닌데 왜 덜컥 돈 생각부터 났을까? 정운이를 그 누구보다 걱정하는 건 나일 텐데 말이다.

일이 해결되었는지 사장님은 굳은 얼굴로 들어왔다. 손님은 계속 들고 났다.

"안녕히 가십시오."

사장님은 기운 없이 인사를 했다.

"최저 임금은 주셔야지."

"애들이 얼마나 안됐어."

손님들은 돈을 계산하며 그런 말을 하곤 했다.

점심 장사가 끝나자 사장님은 우리를 불러 앉혔다.

"참, 어이없는 일을 다 당하네."

사장님은 길게 한숨을 쉬었다.

"최정운이 임금 계산해서 돌려보냈다. 그렇다고 너희들까지 올려 줄 수는 없어. 어차피 아르바이트 구해야 하니까 시급에 불만 있는 사람은 지금 말해."

우리는 아무 말도 하지 않았다.

"어디를 가 봐, 나 같은 사장이 있나!"

그건 모르겠지만 어디를 가건 사장님 같은 사람들이 훨씬 더 많을 거라는 건 안다. 사장님만 빼면 모두 좋은 사람들이다. 소희 언니도 좋고 수빈이도 좋고 지배인 오빠도 주방 아줌마들도 다 좋다. 어차피 잠시 하고 말 일인걸, 그런 생각도 들었다.

"이제부터 여기서 일하려면 한 가지를 지켜야 한다."

사장님은 여전히 흥분이 가라앉지 않은 목소리다.

"손님들이 최저 임금 받냐고 물어보면 어떻게 할 거냐?"

무슨 소리일까?

"시은이, 너 뭐라고 대답할 거야?"

"네?"

침묵이 흘렀다.

"치."

그건 소희 언니 입에서 나온 소리였다.

"소희, 너는 최저 임금 이상 주고 있어. 그거나 알고 있어라. 지금 네 나이에 어디 가서 뭘 하겠냐?"

언니는 그 소리에 벌떡 일어나 자리를 떴다. 사장님은 언니의 뒷모습을 끝까지 노려보더니 얼굴을 돌렸다.

"수빈이 넌 뭐라고 할 거야?"

"받는다고…… 할게요."

수빈이 우물거리며 대답했다.

"시은이 넌?"

거짓말은 정말 싫다. 엄마가 시키는 거짓말도 이젠 질렸다. 대체 누구를 위한 거짓말인가? 나는 쉽사리 말이 나오지 않았다. 수빈이가 옆구리를 쿡쿡 찔렀다. 중요한 건 거짓말이 아니야. 일을 할 것인가, 말 것인가야. 나는 스스로를 합리화시키며 대답했다.

"저두요."

사장님이 자리를 뜨고 나서도 수빈이와 나는 한참을 말없이 그러고 앉아 있었다.

16

 우리는 별말 없이 밥을 먹었다. 지배인 오빠가 들어왔고 사장님은 오빠를 불러 한참을 이야기했다. 사장님이 퇴근하고 오빠는 우리 테이블로 왔다. 소희 언니는 오빠를 위해 새 냄비를 올려 주었다.
 "아무리 떽떽거려도 지배인 생각해 주는 건 소희밖에 없다니까."
 "그럼, 소희 아니면 누가 챙겨 줘?"
 아줌마들은 놀리 듯 말하면서 주방으로 들어갔다.
 수빈이와 나는 차를 타 가지고 옆 테이블에 앉았다. 언니는 오빠에게 점심때의 일을 얘기하고 오빠는 사장님한테 들은 소리를 전하는가 보았다. 수빈이는 노래를 흥얼거리기 시작했고 나는 그 노래에 집중했다.

오후 장사가 시작됐고 우리는 모두 제 할 일만 묵묵히 했다. 정운이는 사장님으로부터 받아야 할 임금을 받아 냈다. 정운이가 얻은 건 단순히 돈만은 아니었을 것이다. 나는 최저 임금에 미치지 못하는 돈을 받으면서도 한마디 말을 못했다. 내가 받지 못한 건 단순히 시급 610원이 아니다. 그걸 알면서도 나는 앞치마를 벗지 못했다. 사장님을 떠올리면 굴욕감이 들고 정운이를 떠올리면 부끄럽다. 그렇게 기분이 엉망인 채로 퇴근 시간을 맞았다.

"정운이 올 거야."

소희 언니가 말했다.

"내가 연락했어. 인사는 하고 가야 할 것 아니야. 자식이."

지배인 오빠는 정운이가 대신 가르쳐 준 형의 핸드폰 번호로 연락을 했는데 정운이가 받더라고 했다.

"형이 며칠 전에 여행 가면서 주고 갔대."

그리고 정운이가 들어왔다. 땀을 뻘뻘 흘리면서.

"아, 왜 이렇게 더워!"

정운이는 우리는 보지도 않고 에어컨 앞에서 땀을 말리고는 자리에 와 앉았다.

"분위기가 영 안 좋네."

침울해 보였다.

"다들 괜찮은 거야?"

지배인 오빠가 먼저 입을 열었다.

"이제 사장이 시급 얼마 주는지 얘기하고 알바 뽑으래. 최저 임금 어쩌구 하는 애는 뽑지 말고."

수빈이도 말해 주었다.

"우리는 이제 손님이 시급 물어보면 최저 임금 받는다고 뻥 쳐야 돼."

"하!"

그 소리를 한 건 정운이였다.

"그건 토끼 전문인데."

소희 언니가 말했다.

"하!"

나도 모르게 그 소리가 나왔다.

"이게 오리지널이야."

소희 언니는 나를 가리키며 말했다.

"내가 한 일이 하나도 없네."

정운이는 손가락으로 테이블을 톡톡 두드렸다.

"일만 더 어렵게 만들었네."

손님이 들어와서 오빠와 수빈이는 자리에서 일어났다. 나는 이제 아니면 또 언제 정운이를 볼까 싶어서 얼굴을 뚫어져라 보았다. 정운이는 웬일로 놀리지도 않고 입을 굳게 다물고 있다.

손님에게 주문을 받은 지배인 오빠가 다가오더니 정운이 어깨에 손을 올리며 물었다.

"너 뭐 먹고 싶은 거 있냐?"

"왜? 사 주게?"

"해 주게. 그래서 부른 거야."

"뭐가 하기 쉬운데?"

"손님들이 김치찌개하고 족발 시켰어."

"나두나두. 김치찌개하고 족발."

정운이는 언제 그랬냐 싶게 환한 얼굴이다. 나는 가방을 뒤져 지갑을 찾았다.

"마실 거 사 올게."

그러고서는 편의점으로 갔다. 캔 맥주와 사이다, 초코 우유를 사고 나니 2,800원밖에 남지 않았다. 혜연이 만날 때 쓰려고 아껴 두었던 돈이다. 혜연이는 지금 뭘 하고 있을까? 핸드폰을 만지작거렸다. 당장 만날 건 아니니까 문자 정도는 해도 괜찮을 것 같았다. 그런데 뭐라고 쓸까 고민하다 보니 벌써 가게 앞이다.

"하!"

숨을 몰아쉬었다.

어려울 게 뭐가 있어? 힘들 게 뭐가 있어? 용기를 내.

나는 전화를 했다. 신호음이 갔다. 그냥 끊을까? 한참을 울려도 혜연이는 전화를 받지 않았다. 다행이다, 싶었는데 목소리가 들린다.

"왜?"

"나야, 시은이. 전화 괜찮아?"

"빨리 말해."

그래, 빨리 말하자. 빨리.

"나는 그냥 힘들었어. 학원도 그렇게 되고……. 사실대로 말하려니까 창피하기도 하고. 거짓말한 거 미안해."

"알았어. 과외하다 전화받은 거거든. 들어가야 하니까 끊을게."

혜연이는 전화를 끊었다. 말이라는 건 신기하다. 하고 나서 본심을 알게 될 때가 있다. 그러니까 나는 창피했던 거다. 엄마는 핑계였다. 앞으로 혜연이가 어떻게 나오든 이제는 상관없다. 이게 정운이가 말한 자존감일까? 고백을 하고 나니 떳떳한 기분이 든다.

문을 열고 들어가 자리에 앉았다. 소희 언니와 정운이는 한참 이야기 중이었다. 김치찌개는 보글보글 끓고 정운이는 벌써 밥 한 공기를 다 비우고 족발을 먹고 있다.

"가장 이상적인 건."

정운이는 음식을 먹으면서도 말을 참 잘했다.

"이 동네에 있는 모든 알바생들이 동시에 파업을 하는 거야."

캔 맥주를 언니 앞에 놓고 사이다와 서로 상표가 다른 초코 우유들을 줄 세워 놓았다. 정운이는 눈으로 그 모양을 보더니 씩, 웃었다.

"그게 가능하냐?"

소희 언니가 물었다.

"불가능하지."

정운이는 두 번째에 있는 우유를 가져가며 대답했다. 나는 끄트머리에 있는 우유를 들었다.

"내가 할 수 있는 시위는 이제 하나밖에 없어. 바로 복직 투쟁."

"그게 가능하냐?"

소희 언니가 이번에는 눈을 반짝 빛내며 물었다.

"불가능하지."

정운이는 킬킬대며 웃었다.

"배부르냐? 또 먹고 싶은 거 있어?"

지배인 오빠가 자리에 와서 앉았다.

"인심 쓰네."

소희 언니는 다 마신 맥주 캔을 우그러뜨리며 말했다.

"이거 공짜 아니다. 사장이 다 체크하거든. 이렇게 먹으면 얘가 돈 주고 사다 채워 놓잖아. 지난번 것도 그랬어."

"그런 말을 뭐 하러 해."

오빠는 펄쩍 뛰며 화를 냈다.

"하!"

정운이였다.

"이거 뭐 토끼한테 완전히 옮았군. 내가 좋아하나?"

나는 그 소리에 머리카락이 곤두서고 말았다.

"둘이 사귀어라 야. 어울린다."

"사이다나 드세요. 초코 우유를 드시든가."

나는 오빠한테 얼른 사이다를 내밀었다.

"우유 마셔야지. 음료수는 노래방에서 하도 빼 먹었더니 지겨워."

"그렇게 먹으면 당뇨 걸린다니까."

언니가 잔소리를 했다.

"그럼 어떻게 해. 졸린데."

"형. 그러고도 지배인이야? 지배인 소리 듣는 게 그렇게 좋아?"

"처음에는 좋았어."

오빠는 정운이를 보며 쓸쓸하게 말했다.

"지배인이라는 말에 완전히 넘어갔지."

손님이 들어와서 오빠는 다시 일어서야 했다. 정운이는 소희 언니한테 물었다.

"근데 지배인 형, 군대 안 갔어?"

"으흥."

언니는 이상하게 대답했다.

"스물다섯인데 여기서 일한 지 오 년이라며?"

이번엔 아예 대답하지 않았다.

"형, 고아구나."

거기서 왜 고아라는 말이 나올까? 나는 이해를 하지 못했다.

"그 말은 하지 말자."

소희 언니가 말했다.

"고아가 뭐 어때서? 집에서 만날 두들겨 맞는 애들도 얼마나 많은데, 차라리 고아가 낫지."

고개를 돌리고 있던 언니도 우유를 마시던 나도 정운이를 쳐다보았다.

"뭐야, 그 눈빛은?"

정운이는 손가락으로 자기를 가리켰다.

"나? 나는 아니야. 우리 엄마 아빠 멀쩡해. 그러니까 이렇게 멀쩡하고 멋있는 놈이 나왔지. 나 말고 그런 애들 많다고."

언니는 고개를 설레설레 저었다. 나도 모르게 수빈이한테 눈이 갔다. 일을 도와줘야겠다 싶어서 일어섰다.

겉만 보아서는 아무것도 알 수 없다. 속을 들여다보지 않으면 그 무엇도 가늠할 수 없다. 저스트 어 모멘트도 바로 그런 곳이다. 스쳐 지나갔으면 아무것도 알 수 없었을 것이다. 비슷하지만 똑같이 연주되지 않는 새로운 세상, 그런 곳이 바로 '저스트 어 모멘트'다.

17

 내 마음이 그렇기 때문일까? 정운이가 없는 가게는 생기를 잃었다. 소희 언니는 더 이상 알바 뽑으라는 소리를 하지 않는다. 사장님과 눈도 안 마주치고 아예 아무 말도 안 하는 것이다. 일을 할 때는 꼼짝 않고 있을 때가 많았는데 일을 조절하는 것이 아니라 정신을 놓고 있는 것처럼 보였다.
 수빈이는 점점 더 감정 기복이 심해지는지 명랑하다가도 금세 뚱한 얼굴로 바뀌어서 쉬운 일만 골라서 했다. 일에 적응이 된 내가 그 자리를 메웠다.
 나는 일을 하는 동안 아무것도 생각하지 않으려고 노력했다. 한 번 생각을 시작하면 걷잡을 수 없을 것 같았다.
 "다 거기서 거기야." 수빈이는 그렇게 말하곤 한다. 그래도 소희 언니 같은 사람 만나기가 쉽지 않다고, 사장보다 같이 일하는 사람이 더 중요하다며 다행이라고 했다.

수빈이는 이제 손님이 치근덕거려도 예전처럼 낯빛이 변하지 않는다.

"다 귀찮아. 피곤해."

과장되게 짜증스러운 표정을 짓는 수빈이 얼굴에서 나는 수치스러움을 보았다.

정운이가 사라지고 나서 우리는 모두 조금씩 더 나빠졌다.

사장님은 행복해졌을까? 정운이가 없어져서 알바 비를 아껴도 되니까 기분이 좋아졌을까?

그것도 아닌 것 같다. 우리를 보는 사장님 얼굴이 말하고 있다. 밥맛없다고. 우리가 밥을 먹을 때면 간단한 인사라도 하더니 이제는 소리도 없이 사라진다. 그러면 아줌마들은 "아이쿠, 사장님." 하면서 서둘러 인사를 한다. 입으로나마 인사를 하던 우리는 이제 아무 소리도 하지 않는다.

사장님은 아무래도 상관이 없는 걸까? 돈만 벌 수 있다면 무엇이 어찌되든 괜찮은 걸까? 왜 돈을 버는 걸까? 사장님은 그 많은 돈으로 무엇을 하는 걸까? 좋은 집에서 좋은 차를 몰고 좋은 옷을 입고 좋은 것을 먹는 게 그렇게 좋을까? 사장님 가족은 부자라서 행복할까?

나는 손님이 별로 없는 오후에도 꼭 서 있다. 오빠는 카운터에 앉아 있고 수빈이와 소희 언니는 손님 테이블 의자에 앉아 있어도 나는 정수기 옆에 붙어 서 있는다. 그렇게 하고 있는 게 편하다. 오만가지 생각을 멈추는 데는 몸이 불편한 게 더 나으니까.

저녁이 되어 소희 언니와 함께 퇴근 준비를 했다. 수빈이는 기운 없이 인사를 하고, 지배인 오빠는 "놀다 가." 하는 허튼소리를 했다.

"심심하기도 하겠지."

소희 언니는 한숨을 섞어 말했다.

"밤마다 저러고 있으니 친구를 만날 시간이 있나, 여자 친구 사귈 시간이 있나. 저스트 어 모멘트에 청춘을 바치고 있는 거야."

언니는 어두운 얼굴로 걸음을 옮겼다.

나는 차비를 아끼기 위해 걷기로 했다. 저스트 어 모멘트에 있으면 시간이 멈춘 듯하다가도 이렇게 퇴근을 하고 나면 방금 전까지 일을 하던 그곳이 아주 낯설게 느껴진다.

땀이 흐른다. 주희는 잘 있을까? 생각해 보니 일하는 곳이 어디인지도 모른다. 문자를 보내는데, 퍼뜩 돈이 없다는 것이 떠올랐다.

하지만 언제까지 돈 때문에 친구들하고 만나는 것을 피해야 할까? 주희라면 괜찮을 것 같다. 전송을 눌렀다. 잠시 후 답신이 왔다.

마침 곧 퇴근 시간이야. 가게로 올래? 알지? 조아조아 아이스크림.

고개를 들어 주위를 둘러보니 가게는 한 블록만 더 걸으면 되었다. 혜연이도 있었으면 좋겠다, 문득 그런 생각을 했다. 핸드폰을 만지작거리며 가게 안으로 들어섰다. 주희는 연둣빛 유니폼을 입고 캡까지 쓰고 있었다. 잘 어울렸다.
 그런데 방긋 웃으며 어서오, 하던 주희는 얼굴이 굳어지더니 인사도 없이 빠르게 말했다.
 "빈자리에 가서 앉아 있어."
 나는 좀 어리둥절했지만 하라는 대로 했다. 아무것도 먹지 않고 있으려니 멋쩍어서 창가로 자리를 옮겼다. 할 수 없이 주희를 등지고 앉게 되었다.
 조아조아 아이스크림은 프랜차이즈다. 귀여운 이름이다. 된장찌개와 어울리지 않는 '저스트 어 모멘트'는 '빨리빨리'가 될 뻔했다. 빨리 먹고 빨리 계산하고 나가는 손님이 제일 예쁘다는 사장님은 '빨리빨리'라고 하면 티가 날 것 같아서 이리저리 궁리한 끝에 저스트 어 모멘트를 생각했다고 한다.

주희는 어떤 일을 할까? 돈을 계산하고 아이스크림을 담아 주는 일? 아마도 보이는 것 이상의 일을 할 것이다. 우리도 음식 나르는 일만 하지 않고 보이지 않는 화장실 청소까지 해야 하니까. 그래도 아이스크림 가게면 손님이 이것저것 시키지는 않을 것 같다. 우리는 손님이 육수 더 가져와라, 반찬 더 가져와라, 냅킨 떨어졌다, 하는 통에 잠시도 쉴 틈이 없다.

하긴, 이 더운 날 펄펄 끓는 커다란 들통 앞에서 땀을 뻘뻘 흘리며 육수를 내는 주방 아줌마들에 비하면 아무것도 아니다. 밥때가 되어 주방에서 나오는 아줌마들은 찜질방에서 땀을 뺀 사람들 같다. 왜 이렇게 많은 사람들이 힘들게 일을 해야 할까?

"기다렸지?"

주희가 다가와 옆에 앉았다.

"먹어."

딸기 아이스크림이 컵에 담겨 있다.

"돈도 없을 텐데."

"그냥 퍼 온 게 아닌 거 어떻게 알아?"

주희는 살짝 웃었다.

"며칠 전에 혜연이하고 몇 애들 왔었어. 걔네들은 내가 여기 사장인 줄 아나 봐. 자꾸 아이스크림 더 달라고 해서 쫌 그랬거든."

주희는 고개를 돌리고는 카운터를 슬쩍 가리켰다.

"저기 몰래카메라 설치돼 있어. 사장이 집에서 인터넷으로 관찰하잖아. 그래서 아까 너한테 인사도 못한 거야. 친구들하고 수다 떠는 거 제일 싫어하거든."

"하!"

"뭐라고?"

"어이없어서."

"그렇지 쫌."

우리는 밖으로 나왔다.

"먼저 연락을 다 하고."

주희의 말에 나는 엉뚱한 대답을 했다.

"나도 아르바이트해. 식당에서."

주희는 놀라는 얼굴을 했다.

"일은 할 만해?"

다시 오만가지 생각이 떠올랐다.

"복잡하구나?"

"응."

주희는 더 이상 묻지 않았다.

"떡볶이 먹고 가자. 사 줄게. 주급 받았거든."

나는 주희를 따라 걸었다. 포장마차에서 땀을 흘리며 커다란 주걱으로 떡볶이를 젓고 있는 아줌마를 지나 에어컨이 나올 법한 가게로 들어갔다.

"나도 주급 받았는데. 다 썼어."

"너 말 많아졌다."

"내가 그렇게 말이 없었니?"

"말도 없지만, 할 말은 더 못하잖아."

시원한 데서 매콤한 것을 먹어서 그런지 떡볶이는 정말 맛있었다.

"다음에는 혜연이랑 같이 먹자."

주희는 지금 넌 혼자가 아니라고 말하고 있다. 나는 고개를 끄덕였다. 방학이 끝나기 전에 몇 번 더 혜연이한테 연락을 해야겠다, 그런 생각을 했다.

주희와 헤어지면서 손님 하나 없는 포장마차에서 쉴 새 없이 부채질을 하고 있는 아줌마를 다시 힐끗 보았다. 아줌마는 부채질도 지쳤는지 자리에 털썩 주저앉아 가쁜 숨을 몰아쉬고 있다.

다리에 힘이 빠진다. 이 무더운 여름도 언젠가는 차가운 바람에 몰려 사라질까. 낮 동안의 열기로 후끈 데워진 거리에 있으면 모든 게 영원할 것만 같다.

나는 태양이 있던 자리 그 어디쯤을 눈으로 찾으며 오랫동안 하늘을 올려다보았다. 눈이 시릴 때까지.

18

 사장님은 손님이 줄지 않을까, 꽤 걱정을 한 눈치였다. 조금 줄기는 했나 보다. 하지만 정운이 때문이라고 단정 짓기에는 아주 미미한 수준이었다.
 손님들은 간혹 시급에 대해 물어보았고 나는 사장님이 시킨 대로 대답했다. 그럴 때마다 정운이 얼굴이 떠올랐다.
 '3,500원이에요. 최저 임금에 못 미치지요.'
 그렇게 대답하는 건 내 속에 있는 정운이었다. 어떨 때는 정운이가 먼저 대답해서 가만히 있을 때도 있다. 내게는 정운이 목소리가 분명히 들리니까. 그 허스키하고 빠른 투의 목소리가.
 "말이 없는 걸 보니, 못 받나 보네."
 손님들은 고개를 설레설레 젓는다.

"아, 받아요."

나는 한 박자 늦게 대답하고 얼굴을 붉힌다. 그러고 나면 기운이 더 빠진다. 혹시라도 정운이가 연락하지 않을까 싶어서 핸드폰을 백 번쯤 들여다보면 퇴근할 시간이 다가온다. 상호를 좋아했을 때 나는 김혜연의 심부름꾼이었다. 이제는 누군가의 배경으로서가 아니라 온전히 나로서 정운이 앞에 나서야 한다. 느닷없이 "토끼, 잘 있었어?" 하면서 불쑥 얼굴을 내미는 정운이는 마음이 지어내는 일 초도 안 되는 행복한 환상이다.

편의점을 지나쳐 옷 가게를 지나 모퉁이를 돌았다.

초코 우유가 생각났다. 이제는 그마저도 마실 수 없다. 나도 돈이 없고 우리 부모님도 돈이 없다. 그 많은 돈은 누가 가지고 있을까?

다시 식당과 게임방, 구두 가게, 빌딩, 패스트푸드점을 지났다. 그 속에서 일하는 수많은 사람들은 지금 무슨 생각을 할까?

사장은 한 명이고 직원은 여러 명인데 한 명보다 여러 명이 행복한 세상이 되면 얼마나 좋을까?

집으로 돌아왔다. 아무도 없다. 찬 바닥에 그대로 드러누웠다. 얼굴이 화끈거려서 선풍기를 틀었다. 학원에 다녔을 때는 덥지 않아서 좋았다. 겨울에는 춥지 않아서 좋았고. 지금쯤 아이들은 학원에서 그리고 도서관에서 공부하고 있을 것이다. 주희는 집에서 공부한다고 했다. 방학이 얼마 남지 않았다. 담임은 방학 동안 돈 많이 벌라고 했는데 난 정말 돈을 벌고 있다. 몸이 노곤하다. 공부를 해야 하는데…… 그 생각 끝에 잠이 들었나 보다.

"좀 어떻게 봐주세요."

말소리에 잠이 깼다. 몸이 욱신거려서 뒤채기도 힘들다.

"여름이라서 집 보러 오는 사람도 없고, 가을이나 돼야 집이 빠질 텐데 너무 급해서 그래요. 좋은 일 한다 생각하시고 전세금에서 얼마만 돌려주세요."

엄마 목소리다. 눈물이 묻어 있는.

"사모님, 애 아빠 들어간 회사가 하필이면 요즘 텔레비전에 나오는 그 장례 보험 회사예요. 앞으로 어떻게 될지 몰라요."

잠시 말소리가 끊겼다.

"제가 이렇게 사정하잖아요. 하나밖에 없는 딸내미는 고등학생인데 식당에 일 나가고 저는 일용직이나 하고 있고요. 그러니까 좀 부탁드릴게요."

엄마 말을 듣고 있으니 우리 식구가 아주 비참하게 느껴졌다. 근데 엄마가 일용직을 한다고? 벽에 기대고 앉아 얼굴을 돌렸다. 열린 방문 사이로 마룻바닥에 주저앉아 통화하는 모습이 보인다. 엄마는 수화기를 내려놓더니 물을 벌컥벌컥 들이킨다.

"망할 놈의 여편네. 있는 것들이 없는 체는 더해. 내 팔자야."

"엄마."

목소리가 갈라져 나왔다.

"깜짝이야. 너 있었니?"

벌써 깜깜한 밤이다. 나는 엄마보다 보랏빛 셔츠가 눈에 먼저 들어왔다.

"엄마, 일용직 해?"

엄마는 그 소리에 대답도 않고 힘겹게 일어서더니 식탁에 털썩 앉았다. 나도 밖으로 나가 엄마 앞에 앉았다. 목이 말라 엄마가 마시다 만 물을 마셨다. 그러고 보니 화장기 없는 얼굴이다. 어디를 다니는가 했더니 무슨 일을 하는 걸까?

"응? 엄마."

"안 해."

엄마는 조그맣게 중얼거렸다.

"뭐라고?"

"안 한다고. 안 해. 어떻게 일용직 같은 걸 하니? 창피하게. 그냥 한 소리지."

"다행이다."

내 입에서 그런 소리가 나왔다.

"뭐라고?"

이번에는 엄마가 묻는다.

"힘들잖아. 일용직 같은 거."

엄마는 혀를 찼다.

"참, 배부른 소리 한다. 먹고 살려면 뭐든 못하니?"

그 말을 하고 엄마는 얼굴을 잔뜩 찡그렸다.

"근데 나는 못하겠더라. 길거리에서 전단지 나눠 주는 것도 못하겠고, 식당에서 설거지하는 것도 못하겠고, 다 못하겠어. 그냥 누가 벌어다 주는 돈으로 살림이나 하면서 살았으면 좋겠어."

엄마는 지쳐 보였다. 주름이 저렇게 많았나 싶게 눈 주위가 깊게 패여 있다.

"너는 좋은 남자 만나. 돈 많이 버는 남자."

그 말을 하고 엄마는 방으로 들어갔다.

나도 방으로 들어왔다. 창문을 통해 밖을 바라봤다. 아빠가 학원 강사 할 때가 더 좋았다. 그때는 용돈도 받았고 가족이 함께 있는 시간도 더 많았으니까.

"노후를 생각해야지. 앞으로 들어갈 돈은 또 좀 많아."

그때는 엄마 말이 맞는 것 같았다. 무리를 해서 학원을 차렸을 때도 못마땅해하는 아빠가 도리어 못마땅했다. 원장이 가난한 집에서 살면 사람들이 만만하게 본다며 이사를 했을 때에야 지나치다는 생각이 들었다. 엄마는 모든 것이 다 투자라고 했는데 그 투자 비용이 고스란히 빚으로 남았다.

그리고 나는 이제 어린 시절처럼 부모님이 원래 부자인데 자녀 교육을 위해서 연극을 하고 있다는 생각은 하지 않는다. 부모님한테도 내게도 이것은 현실이다.

정운이 그런 말을 한 적이 있다.

"꿈이 있다면 여자 친구가 생겼으면 좋겠고, 어른이 되면 정규직으로 일했으면 좋겠고……."

대충 그런 이야기였다. 눈을 반짝반짝 빛내며 이야기해서 더 실망스러웠다. 꿈이 고작 그거냐고 핀잔도 하고 싶었다. 그런데 지금 내가 그런 생각을 한다.

지배인 오빠와 소희 언니, 주방 아줌마들을 보며 그리고 점심때 잘 차려입고 앉아 밥을 먹는 회사원들의 절반이 비정규직이라는 이야기를 들은 후로, 내가 과연 정규직으로 취직할 수 있을까 걱정을 한다. 특별히 좋아하는 과목도 특별히 잘하는 것도 없다. 공부도 못한다. 부모님한테 물려받을 재산도 없다. 나 같은 사람은 평생 비정규직으로 살면서, 같은 일을 하면서도 정규직보다 낮은 임금을 받으며 언제 해고될지 몰라 불안해해야 하는 걸까?

앞으로 어떻게 살아야 할까?

핸드폰을 만지작거렸다. 손가락에 힘이 바짝 들어간다. 차라리 핸드폰을 없애 버릴까, 그런 생각이 든다. 정운이, 한 번만 나를 불러 주면 그다음부터는 쑥스럽지 않을 것 같은데……. 아니, 어쩌면 정운이는 이미 저스트 어 모멘트를 잊은 지도 모른다. 배 속이 간질간질하다. 상호를 좋아하던 그때처럼.

나는 핸드폰에 주문을 걸었다. 울려라, 울려라, 중얼거렸다. 그러다가 설핏 잠이 들었고 핸드폰이 울리는 소리를 들었다. 다급하게 전화를 받았다. 정운이 목소리가 들렸다. 꿈인지 현실인지 헷갈리기 시작했다.

"잘 지내냐?"

"못 지내."

"왜? 내가 없어서?"

"응. 네가 없어서."

딱 꿈속에서나 어울리는 닭살스러운 대화를 했다. 그리고 가게 근처 공원에서 해의 날 저녁에 만나기로 하고 전화를 끊었다.

역시 꿈이었다.

아침에 일어나 서둘러 핸드폰을 확인하는데 주희를 끝으로 통화 내역은 아무것도 없었다.

19

가게 근처 공원이라면 플라타너스가 제법 그늘을 드리우고 있는 곳이다.

꿈속에서 해의 날이라고 했다. 평소에는 그런 말을 쓰지 않는다. 해의 날이라면 일요일, 오늘이다. 나는 일을 마치고 대책 없이 공원으로 향했다. 한 무리의 남자 아이들이 땀에 흠뻑 젖어 농구를 하고 있다. 아줌마들은 유모차를 끌고 나와 한가로이 산책을 하고, 바짝 붙어 앉은 연인들은 둘만의 언어로 소곤거리며 따뜻하게 웃는다. 자매인지 친구인지 모를 여자들은 양산 아래 서서 얼굴을 마주하고는 느릿느릿 대화를 나눈다.

목덜미로 무거운 땀이 흐른다. 주위를 둘러보지 않기 위해 고개를 숙였다.

정운이는 오지 않을 것이다. 그를 부른 일이 없으므로. 나는 내 마음을 거절했다. 그건 정운이한테 거절을 당한 것보다 더 큰 거절이다.

"자존감을 위한 일이지."

정운이 말투를 흉내 내어 보았다. 영혼이 색깔이 있다면 정운이는 선명하고 강렬한 원색이다. 나는 자꾸 투명해지는 것 같다. 이러다가는 사물이 그대로 비추어질는지도 모른다.

자리에서 일어나 걸음을 옮겼다. 저스트 어 모멘트는 과거로 멀어진다. 그리고 지나간 과거들은 나를 여기 저스트 어 모멘트에 데려다 놓고 있다.

저스트 어 모멘트.

나는 가게 앞에 멈추어서 간판을 오래도록 올려다보았다.

20

 오늘은 주급을 받는 날이다. 첫 주급을 받을 때처럼 들뜨지도 설레지도 않는다. 뎅그르르, 종소리를 들으며 문을 열었다. 익숙한 된장 냄새가 훅 달려든다. 나는 사장님 얼굴을 보지 않으며 인사를 했다. 주방 아줌마들한테 인사를 하고 앞치마를 뗐다.
 "시은아."
 사장님이 불러서 고개를 돌렸다.
 "너는 주급에 불만 없지?"
 '불만 많아요. 청소년이라고 무시하지 마세요.'
 그렇게 대답을 한 건 내 안의 정운이였다.
 "이렇게 쉽게 일하면서 이 정도 돈 주는 데 없다. 아직 너희가 어려서 뭘 모르지."

사장님은 근로 기준법을 모르지요.

"손님들이 묻디?"

"네?"

"최저 임금에 대해서 말이야."

그때 마침 소희 언니와 수빈이가 들어왔다.

"대답 잘해라."

사장님은 그 소리를 하고 시계를 보았다.

"좀 일찍 일찍 다녀."

"네."

대답을 한 건 수빈이었다.

"소희, 넌 대답 안 해?"

"열한 시부터 일하는 거잖아요."

언니는 쏘아붙이듯이 말했다.

"야, 인마. 네가 이렇게 버릇없게 구니까 애들도 이렇잖아. 좀 싹싹하게 굴어라."

언니는 아랑곳하지 않고 앞치마를 맸다.

"너 자꾸 그러면 잘리는 수가 있다."

"자르세요."

언니는 바로 대꾸하고는 청소를 시작했다. 우리도 비를 들고 쓸기 시작했다.

"조금만 기다려라. 잘라 줄 테니까."

나는 사장님이 그렇게 말하는 걸 들었다. 언니한테 뭐라고 하지 못하던 사장님이 언젠가부터 변했다. 소희 언니가 나가면 두 사람 이상은 채용해야 할 텐데 무슨 생각으로 저러는 걸까? 테이블 세팅을 하는데 수빈이가 슬쩍 말을 걸어왔다.

"사장이 왜 배짱인지 알아?"

나는 고개를 들었다.

"곧 지배인 오빠가 일할 거야. 노래방 문 닫을 거거든. 소희 언니한테 주는 돈 아까워서 자르는 거야. 오빠는 언니보다 조금만 줘도 되니까. 야, 사장이 본다."

수빈이는 얼른 자리를 옮겼다.

그러면 소희 언니는 어떻게 되는 걸까? 다른 무슨 일을 할 수 있을까? 문득 소희 언니를 내쫓고 그 자리에서 일을 해야 하는 지배인 오빠는 마음이 어떨까, 하는 생각이 들었다.

테이블 세팅을 마치고 나자 열두 시가 되었다. 사장님은 카운터에서 일어서서 장부를 펼쳤다. 약간은 들뜬 얼굴로, '어서 오세요.' 할 준비를 하는 것이다. 그리고 손님은 어김없이 줄줄이 입장을 한다.

"빨리빨리 안내해 드려라."

사장님은 입으로 지시를 한다.

"3번 테이블 부르잖아."

"9번에 가 봐."

우리가 미처 알아차리지 못한 것까지 일일이 채근한다.

"학생, 수고가 많네."

이제는 아는 체를 해 오는 손님도 있고,

"잘 먹었어요."

눈인사하는 친절한 손님도 있다.

손님들이 식사를 하는 동안 우리는 일렬로 서 있다. 오늘은 다른 날보다 사람이 확실히 적다. 사장님은 어김없이 불안한 얼굴을 하고 있다. 이런 날이면 사장님은 우리가 밥 먹을 때를 기다려 말하곤 한다.

"너희들이 손님들한테 친절하게 하지 않아서 그런 거 아니야?"

"음식 맛이 변한 거 아니에요?"

그러면 아줌마들은 쩔쩔매고 우리는 할 말을 잃는다. 오늘 또 그런 소리를 들을 것 같다. 머리가 아프기 시작했다.

"아니에요!"

카운터에서 나는 소리에 고개를 돌렸다. 사장님이 손님들과 무슨 이야기를 하고 있다.

"그 애가 보너스 받기 전에 나가서 돈을 못 챙겨 준 거지요. 저는 어떤 방법을 쓰든 최저 임금은 꼭 맞춰 줍니다. 이 가게가 오 년인데 한 번도 어긴 일이 없어요."

"하!"

내가 한 말이다.

"미친놈."

소희 언니 입에서 나온 소리이고,

"완전 짜증."

수빈이도 툴툴거렸다.

손님들이 나가고 난 후 사장님은 골똘히 뭔가를 생각하는 눈치였다. 그러더니 나를 불렀다.

"문방구에 가서 도화지 큰 거하고 매직 좀 사 와."

"……."

"뭘 봐? 빨리 가 봐."

나는 가게에서 나와 모퉁이를 돌았다. 뭐 하려고 그러는 걸까? 뭘 쓰려고?

해는 뜨겁게 내리쪼이고 있다. 아직 이 여름이 가려면 시간이 많이 남았다. 문방구에서 도화지와 매직을 샀다. 문득 사장님에게 돈 봉투를 던지며 "한번 해봅시다." 하던 정운이가 생각났다. 나는 도화지를 던지며 정운이처럼 말해 보았다.

"최저 임금이 아니네. 이런 건 필요 없어. 한번 해봅시다."

그리고 저스트 어 모멘트로 들어갔다.

"너 글씨 잘 쓰니?"

나는 고개를 가로저었다. 사장님은 장부 뒤에 다가 글씨 쓰는 연습을 하더니 도화지에 큼직하게 써 내려갔다.

저스트 어 모멘트는 청소년에게 최저 임금을 지급하는 식당입니다.

"가서 붙이고 와. 잘 보이는 데다가."

"네?"

"봐라. 정운이 놈이 그러고 간 후로 이미지가 안 좋아졌는지 손님이 팍 줄었어. 아주 손실이 커."

나는 고개를 돌려 소희 언니를 쳐다보았다. 하얀 얼굴이 오늘따라 더 핏기가 없어 보인다.

"뭐 해?"

"네."

나는 도화지와 테이프를 받아 들었다. 손님이 계산을 하려고 카운터로 와서 자리를 내주었다. 수빈이를 돌아보았다. 틀어 올린 긴 머리가 흐트러져 머리카락이 삐죽 내려와 있다. 주방을 지나는데 아줌마들이 에구구구, 하는 소리가 들렸다.

식당을 나왔다. 뜨거운 햇살이 다시 머리 위로 쏟아진다. 고개를 들어 해를 보았다. 기겁한 눈동자가 얼른 닫힌다. 그렇게 눈을 감은 채 한참을 있었다. 나는 천천히 걷기 시작했다. 해가 질 때까지 걷고 싶었다. 저스트 어 모멘트에서 멀리멀리 달아나고 싶었다. 하지만 나는 문방구에서 매직을 사서 다시 식당 앞으로 왔다.

오늘로써 십이일. 저스트 어 모멘트에서 일한 십이일은 내 인생에서 '저스트 어 모멘트'가 되지 않을 것 같은 기분이다.

사장님이 쓴 글씨를 내려다보았다.

저스트 어 모멘트는 청소년에게 최저 임금을 지급하는 식당입니다.

나는 빨간색 매직으로 한 글자를 더 써 넣었다.

저스트 어 모멘트는 청소년에게 최저 임금을 안 지급하는 식당입니다.

그날 정운이가 그랬던 것처럼 도화지를 두 손에 들고 저스트 어 모멘트 앞에 섰다. 사람들이 지나가면서 쳐다봤다.

이제는 정운이한테 전화를 해야 할 순간이다.

"웬일이야, 토끼!"

정운이는 행복했던 환상처럼 반갑게 전화를 받았다.

"저스트 어 모멘트 앞으로 와 줘."

"왜?"

"나 지금 시위 중이야."

정운이는 잠시 말이 없었다.

"저스트 어 모멘트!"

"응?"

"잠깐만 기다려. 바로 갈게!"

정운이는 시원하게 대답했다.

작가의 말

실은 그랬다. '저스트 어 모멘트'는 지하에 있었다.

나는 하루 종일 저스트 어 모멘트에서 일을 했고 내 삶은 그렇게 해가 들지 않는 나날의 연속이었다. 시은이보다 훨씬 더 어리벙벙했던 나는 삶을 견디기 위해 인질이 납치범에게 동화된다는 스톡홀름 증후군처럼 자본주의를, 그리고 처세라는 이름으로 인간성을 쓰레기통에 처박은 사람들을 이해하기 위해 노력했다.

그곳에는 소희 언니도 수빈이도 정운이도 없었다. 미래에 대한 진지한 고민도 금기였다. 희망에 대해 심각하게 이야기하는 것은 현실을 사는 그네들에게 아킬레스건이었다. 그들은 스스로를 학대하지 않기 위해 짐짓 심각해 보이는 내 얼굴을 가지고 허튼 농담을 했고 유행과는 전혀 상관이 없는 촌스럽기 짝이 없는 내 머리 모양이나 옷차림을 신랄하게 조롱했다. '저스트 어 모멘트'를 관둔 후에도 몸이 배워 버린 언어는 쉽게 없어지지 않았다. 자본주의 속의 내가 아니라 내가 사는 자본주의에 대해 이해하기까지 다시 오랜 시간이 걸렸다.

정선 씨로부터 청소년 비정규직에 대한 이야기를 써 보지 않겠냐는 제안을 받았을 때 나는 다시 무기력해졌다. 그 시절의 나로 되돌아간 것이다. 그렇게 잔뜩 기가 죽은 상태에서 청소년 인권 활동가 배경내

씨를 만났다. 그리고 그녀로부터 세 명의 청소년 도라, 윤티, 따이루를 소개받았다.

네 명 모두 치열하게 현재를 살고 있는 사람들이었다. 이 아름다운 영혼들은 미래에 대해 진지하게 고민하고 있었으며 때로는 딴죽을 걸고 싶을 정도로 희망에 차 있었다. 빛이 들지 않던 '저스트 어 모멘트'가 지상으로 올라오고 나를 조롱했던 세상과 사람들이 조금씩 다른 얼굴을 보여 주기 시작했다. 그제야 나는 글을 쓸 수도 있겠다는 생각을 했다.

작가마다 글 쓰는 스타일이 다를 터인데 나는 자판을 두드리기 전에는 어떤 글이 나올지 알지 못한다. 어쩌면 남자 주인공이 느닷없이 튀어나올 것도 같았다. 하여, 작업에 들어가기 전에 따이루를 한 번 더 만나 허락을 구했다. 정운이라는 캐릭터가 만들어진 것은 순전히 따이루라는 매력적인 실존 인물이 있었기 때문임을 밝혀 둔다. 그 둘은 너무나 닮아서 따이루를 아는 사람이라면 당혹스러울 수도 있을 듯하다.

이번 소설의 주인공은 여자다. 이제야 비로소 내 안의 여성성을 돌아볼 수 있는 여유가 생긴 것 같다. 많이 부족한 글이지만 내게는 특별한 작품인 이유다.

작업 내내 지지를 아끼지 않았던, 이제는 친구 같은 편집자 정선 씨에게 고마움을 전한다.

이경화